vol.1
どまどま
Presented by Domadoma
ill.餃子ぬこ
怠惰な悪役王子に「転生」した俺、
悪のおっぱい王国を築く
～ゲーム世界で好き勝手に生きていたのに、
なぜか美少女達が俺を離さない件～

「どっちが大きいか
確かめてください！」
ミルア・レーニス
ヴェフェルド王国 女流剣士

エスメラルダ・
ディア・ヴェフェルド
ヴェフェルド王国 第五王子
ローフェミア・
ミュ・アウストリア
エルフ王国 王女

「戦いの疲れを癒やすには
これが一番かなって……♥」

怠惰な悪役王子に転生した俺、
悪のおっぱい王国を築く
～ゲーム世界で好き勝手に生きていたのに、
なぜか美少女達が俺を離さない件～①

どまどま

MONSTER
bunko

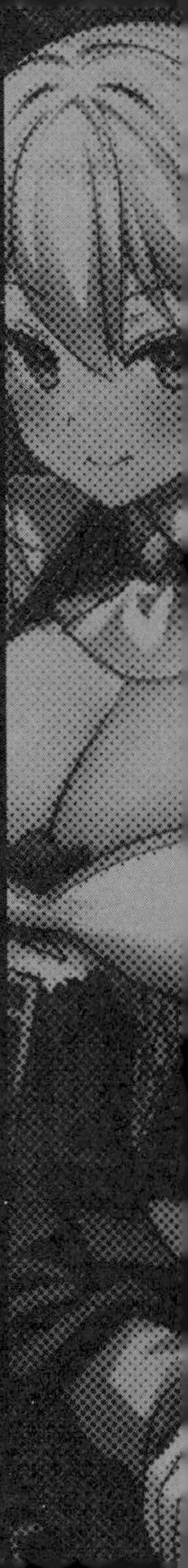

CONTENTS

I was reincarnated as
a lazy villain prince and I'm going to build
an evil kingdom of boobs

第一章　怠惰な悪役王子、剣帝のおっぱいを虜《とりこ》にする

1

「お……？」

前世の記憶が蘇《よみがえ》ったのは、師である剣帝ミルアに吹き飛ばされた瞬間だった。

「なにを呆けているのです！　戦場では少しでも隙を見せてしまえば、それが死に直結するんですよ！　エスメラルダ王子殿下！」

エスメラルダ。

その名を聞いて、俺は自分の置かれている状況を思い出した。

知る人ぞ知る十八禁ゲーム――《限《かぎり》の刻《とき》》。

前世にて何百周とやり込んできた世界へと、俺は生まれ変わったようだ。

そして肝心要の転生キャラについては、剣帝ミルアの発言を鑑《かんが》みるに、ヴェフェルド王国の第五王子――エスメラルダ・ディア・ヴェフェルドだと考えられる。

年齢は十八。

兄たちと違って正妃の子ではないこと、第五王子という中途半端な生まれであること、そして魔法や剣術の才もないことから、未来への希望を完全に失った少年。

それどころか王族という立場を悪用して、暴虐の限りを尽くしている人間。

これこそが、エスメラルダというキャラクターの人物設定だったはずだ。

国民から不当な税金を課して、多額の裏金を得ることは当たり前。国民を奴隷のようにこき使ったり、女性を思うがままに辱《はずかし》めたり、まあとにかくクズなキャラクターだったはずだ。

あまり出番のないキャラではあったものの、何度もやり込んだＲＰＧゆえに、その設定はよく覚えている。

もちろん、このエスメラルダに生まれ変わった理由は不明。

本当はヴェフェルド王国ではなく日本に住んでいて、しがない中年サラリーマンだったはずなんだけどな。

その前世のことは、嫌というほどよく覚えている。

大事な新卒カードを切ってまで適当な会社に就職して、退職して、キラキラ（笑）しているベンチャー企業に転職して、自分よりも年下の上司から激務を強《し》いられて……。

そして、ヘトヘトになって会社を出たところから記憶がない。

過労で倒れたか、もしくは交通事故に巻き込まれたか。

そこまでは思い出せないが、もはやそんなのは些末《さまつ》なことだ。

当時の俺は人生に絶望していた。可能なら人生をやり直したいと願っていた。いや――正確に言えば、何度もやり込んだこのゲームの世界に生まれ変わりたかった。

それが今、こうして現実のものとなっているのだ。

しかも第五王子という身分までついているのだから、もはや願ったり叶ったりと言えるだろう。

学生時代はカースト上位の奴らの機嫌を窺《うかが》ってきたし、社会に出たらクソみたいな上司どもに媚《こび》を売ってきた。

思うように生きられなかった人生が、俺はとことん嫌いだったのだ。

だからこそ、悪役王子として転生できたのは僥倖《ぎょうこう》と言えよう。

ゲームの主人公になって、その世界を救うとか馬鹿馬鹿しい。

設定上のエスメラルダがそうであるように、ただ自分の欲望のままに生きていく……。

それが俺の、前世からの願いだったから。

――となれば、まずはゲーム知識が通用するかどうかを確かめたいところだな。

「そろそろお立ちなさい、エスメラルダ殿下！　ついさっき稽古したばかりのバルフレド殿下などは、それはもう見事な根性を見せてくださいましたよ！」

俺に近寄りながら、剣帝ミルアが呆《あき》れた様子でそう告げる。

剣帝ミルア・レーニス。

たしか設定では世界最強と言われる流派を二つ極め、当代最強とまで言われている女流剣士だったか。

長い白髪を腰まで伸ばし、華奢《きゃしゃ》な体型からはまるで想像もつかない剣術の使い手でもある。

ゲーム知識を試すのであれば、この上ない相手だろう。

「いや、すまない。考え事をしていてね」

「か、考え事ですって……？」

「ああ。どうすればおまえにギャフンと言わせられるかを考えていてな」

「はあ……」

そこで再び、ミルアが呆れた様子でため息をつく。

「いつも言っておりますが、剣術は一朝一夕で上達するものではありません。私を倒そうとする前に、まずは基本を押さえてください」

「ああ……そうだったな」

そう応じつつ、俺はゆっくりと立ち上がる。

たしか前世のゲームにおいても、ミルアと戦うイベントが何度かあったはずだ。

重度のやり込みゲーマーだった俺は、もちろん彼女の動きを完璧に覚えている。

そしておそらく――。

「む……？」

正中線に剣を構えた俺に対し、ミルアがすうっと目を細める。

「エ、エスメラルダ殿下。急にどうされましたか……？」

「別にどうもしないさ。さあ剣を取れよ。まだ続きがあるんだろ」

「…………」

少しだけ驚いた様子で、ミルアも同じく戦闘の構えを取る。

——思った通りだ。

こうして剣を構えただけでもわかる。

前世と比べても明らかに身体が軽いし、妙に剣が手に馴染《なじ》むような感触がある。

ゲームの設定では、エスメラルダは怠惰な性格をしているだけで、本当に無能ってわけじゃない。メインストーリーでは明確に語られていないが、本当は……。

「いきますよ、殿下‼」

そんな思索に耽《ふけ》っている間に、対峙していたミルアが地を蹴ってきた。

剣帝の名の通り、まさに驚くべきスピードだ。

一瞬でも油断してしまおうものなら、その直後に制圧させられてしまうだろう。

だが、俺はこの技を知っている！

「ふっ！」

俺は咄嗟《とっさ》に刀身を右方向に移動する。

直後、剣を伝ってすさまじい衝撃が手に伝わってきた。

「なんと……‼」

攻撃を防がれたミルアが大きく目を見開いた。

今の攻撃はゼルネアス流の《瞬透撃《しゅんとうげき》》。

文字通り、一瞬にして敵の至近距離へと詰め、高威力の剣撃を叩き込む大技だ。

ゲーム中では姿が消える前の予備動作によって、右方向・左方向・背後、どこに現れるかを予測することができる。

ジャストガードのタイミングもかなり際どいため、その意味でも難敵だったんだよな。

まあ、ゲームを何百周とやり込んできた俺には関係のない話だけど。

「ふっ、しかしまぐれを喜んでいる場合ではありませんよ殿下。戦場では――」

「油断した者から先に逝く、だろ?」

俺がそう言い終えたと同時、ミルアは頭上に大きく跳び上がった。

この技も見覚えがある。

今の《瞬透撃》もかなり強力な技だが、それを外したとて、奴に隙が生じるわけではない。

咄嗟に別の大技を叩き込んでくるところもまた、ミルアを強キャラたらしめている理由だった。

「おおおおおおっ‼」

そのまま全身に炎をたぎらせながら、俺に向けて勢いよく落下してくるミルア。

たしか、こっちはヴァレリア流の《龍炎墜《りゅうえんつい》》だったはずだ。

今はサシでの勝負だからあまり関係ないが、パーティー全体に大ダメージを叩き込んでくる技だったはず。さすがに手加減しているとは思うが、まさかたかが稽古でこれほどの技を放ってくるとはな。

だがもちろん、俺はこの《龍炎墜》についても熟知している。

設定的にジャスガさえも無効化する大技ではあるが、ひとつだけ、これを防ぐ方法があるんだよな。

——地属性魔法発動。

使用する魔法は《ソイルウォール》。

どんな攻撃も一度だけ完全に防ぐ魔法で、それはもちろんミルアの《龍炎墜》にも有効だ。

使いどころが難しいので玄人《くろうと》向けの魔法ではあるが、かつて重度のゲーマーだった俺は、これを何度も愛用してきた。タイミングさえ見極められれば、すべての攻撃を弾けるわけだからな。

カキン。

果たしてミルアが上空から剣を振り下ろしてきたが、当然、かすり傷ひとつつかない。

「な、なんだと……！」

そしていかに当代最強の剣帝といえど、これほどの大技を放って隙が生じないわけがなかった。

ここで使う剣技は……そうだな。

ゼルネアス流の《絢爛桜花撃《けんらんおうかげき》》にでもしておこう。

「せあっ」

短いかけ声とともに、俺はミルアに剣撃を見舞う。

もちろんその一撃では終わらず、身を翻《ひるがえ》して、もう一撃、さらに一撃――。

ミルアの周囲を縦横無尽に行き交いながら計五回の剣撃を浴びせ、淡いピンク色に輝く剣の軌跡が、さながら〝桜の花びら〟を連想させる。

ゼルネアス流のなかではかなり強力な剣技で、ゲーム主人公の場合、シナリオ終盤にならなければ習得できなかったはずだ。

「…………っと」

無事《絢爛桜花撃》を終えた俺は、そのままミルアから数メートル離れた位置で着地。

そして剣を鞘に収めた頃には、

「お、お見事……！」

と言いながら、剣帝ミルアが片膝をついていた。

「よし……」

思っていた通り、前世でのゲーム知識は充分通用するようだな。

さすがに手加減していたとは思うが、剣帝ミルアを倒せたのはかなりの功績だ。本来のゲーム主人公なら、クリア後のやり込み要素でしか、ミルアには勝てなかったから。

しかも初めての戦闘ながら、剣も魔法もスムーズに扱うことができた。

前世でゲームをやり込んできたおかげか、思ったよりこの世界に馴染めているようだ。

そして何より、剣帝ミルアを下すほどのエスメラルダの能力……。

一般的にはエスメラルダを「無能者」「怠け者」と冷ややかに見る者が多いが、やはり、もともとは優秀な力を持っていそうだな。もう少し真面目に生きることができれば、一国を治める王になっていたかもしれないものを。

……そうだ、せっかくだしあれをしてみるか。

「ステータスオープン」

俺がそう唱えると、前世にて見覚えのある数値が視界に並んできた。

エスメラルダ・ディア・ヴェフェルド　レベル3

物理攻撃力：102
物理防御力：97
魔法攻撃力：142
魔法防御力：87
俊敏性　　：95

「な、なに……⁉」

さすがにこれは驚いた。

レベルが低いのはまあ納得できるが、それにしては各ステータスが高すぎるな。

特にゲームの主人公においては、レベル3ではまだ三桁以上の数値はなかったはずなのに。

後に世界を救うことになる主人公よりもステータスが高いとは、さすがにぶっ飛びすぎではないか……⁉

これで〝剣や魔法の才能がない〟とは、ちゃんちゃらおかしな話である。

「はは……。完敗でしたエスメラルダ殿下」

そんな思索に耽っていると、ふいにミルアが背後から話しかけてきた。

「まさか私の剣をすべて防がれた挙句、ゼルネアス流の《絢爛桜花撃》で反撃されるとは。実は私に隠れて、一生懸命に修業されていたのではありませんか？」

「はっ、そんなことするわけないだろ。面倒くせえ」

どんな口調で接すればいいのか一瞬迷ったが、ひとまず作中でエスメラルダが言いそうなセリフを発しておいた。

「いいえ、私の目はごまかせません。今の剣捌《けんさば》きはまぐれで行えるものではない。真面目に鍛練を積んだ者だけが辿り着ける境地に、今のエスメラルダ殿下は立っておられるはずです」

「………………」

こりゃあ厄介だな。

たしかこのミルア・レーニスは、作中でもラスボスから厄介視されていたほどの傑物だ。適当な嘘でごまかせる人物ではない。

「おやおや、これはエスメラルダにミルア殿。いったいどうされましたか」

と。

俺たちの騒ぎを聞きつけてか、第一王女のユリシア・リィ・ヴェフェルドがこの場に訪れた。

長い金髪を腰のあたりまで伸ばし、俺と違って〝気品〟や〝気高さ〟という言葉がぴたり当てはまる女性だった。

「これはユリシア王女殿下。いらしていたのですか」

そう答えたのは剣帝ミルア。

「ええ。稽古にしてはいささか派手な音が聞こえたものですから、つい気になりまして」

「それは大変失礼しました」

そう言ってぺこりと頭を下げる剣帝ミルア。

「実は、しばらく見ないうちにエスメラルダ殿下が急成長していらっしゃいまして……。なんとこの私から一本取ってみせたのですよ」

「はい……？　エスメラルダが？」

さすがに怪訝《けげん》に思ったのか、片眉をぴくりと動かすユリシア。

その際、俺には視線を向けようともしない。

彼女が俺を――いや、次期国王の座を奪いかねない兄妹すべてを敵視していることがわかる反応だった。

「……ふふ、そうですか。そうして王家の者を気遣える懐の広さもまた、あなたが剣帝と呼ばれる所以《ゆえん》でもあるのでしょう」

「…………？　いえ、気遣っているのではなく、本当にエスメラルダ殿下が……」

「それでは、私はこちらで失礼致します。ミルア殿も、接待に飽きましたらいつでも稽古を打ち切って結構ですので」

そう言って小さく会釈《えしやく》をすると、やってきた扉の中へ引き返していくユリシア。

「…………」

さすがに驚いたのか、ミルアもその扉を見つめたまま身じろぎもしない。

言葉遣いこそ丁寧だったが、あからさまに俺へ悪意を放っていたからな。たしかゲームの設定でも血みどろの王権争いが起きているということだったから、そのあたりに起因しているのだろう。

たしかにこの家庭環境では、エスメラルダの精神が崩壊してもおかしくはないな。

第五王子だし正妃の子でもないし、そもそもからして国王の座につける可能性はほとんどない。

なのにこんなクソしょうもない権力争いに巻き込まれて、周囲には味方が誰もいなくて……。

怠惰な性格となってしまうのも、はっきり言って無理からぬことだろう。

「ふふふ……ははは……」

だからこそ俺は、込み上げてくる笑いを止めることができない。

暴虐の限りを尽くす、悪役王子エスメラルダ・ディア・ヴェフェルド。

王族からも国民からも見放され、王位継承とも関係のない第五王子。

言わば大きな〝権力〟を持つ一方、〝責任〟をほとんど持たない立場であるというわけだ。

この環境であれば、望み通り好き勝手に生きていくことができるだろう。

好きな時に起き、好きなものを食べ、気に入った女を傍に置き、欲しいものをほしいままに手にしていく生活。

　ああ、悪くないじゃないか。

　少なくとも前世のクソみたいな毎日と比べれば、もはや天国みたいなものだ。

　これを愉快と言わず、なんと言う。

「………………ん」

　そんなふうに一人で笑っていると、ふいにミルアに見つめられていることに気づいた。

「どうした。もう稽古は終わっただろう。さっさと帰ったらどうだ」

「いえ……。このような状況になってもなお、王子殿下は動揺する素振りさえ見せず……むしろ泰然自若《たいぜんじじゃく》としておられると思いまして」

「は……？」

「私は思うのです。真の剣帝たる者、いついかなる時でも動じることなく、泰然自若としているべきであると。……さっきの剣捌きといい、エスメラルダ殿下は私をとうに超えているのやもしれません」

「なにを言っている。俺はただ――」

「ならばこそ、どうか見届けさせてほしいのです。私に隠れて特訓していたエスメラルダ殿下が、これからいったい何をなそうとしていらっしゃるのかを」

　なんだ。

　特訓なんかしてないってのに、こいつは何を言っているんだ。

しかもなんだかミルアの奴、目を輝かせている始末だぞ。

いつもは傍若無人《ぼうじゃくぶじん》で、他人のことなんかまるで眼中にないとまで言われているのに。

「……よくわからんが、おまえは俺の配下になろうとしているのか」

「そうですね。ありていに言えば、そういうことになると思います」

なるほど。

剣帝を配下にする悪役王子か。

どうしてそこまで心変わりをしたのかはわからないが、それもかっこよくて悪くないな。

「クックック……」

思わず悪役のごとき笑みを浮かべる俺。

いきなり剣の指導者がいなくなれば、まあ間違いなく大騒ぎになるだろう。

けどまあ、そんなことを心配してやる義理もない。王族なんてカスばかりだし、実際にさっきもユリシアにいびられたばかりだしな。

欲しいものをほしいままにしていく生活――さっそくそれを満喫してやろうではないか。

「いいだろう、ついてこい剣帝ミルア。おまえが我が配下の第一弾だ」

2

剣帝ミルア・レーニス。

齢二十にして数々の武勲《ぶくん》を立て、今では沢山の人々に慕《した》われている（らしい）私は、これといって高貴な血を引いているわけではない。

強いて言うなら、父が冒険者として名をあげていたくらいか。

たまたま生まれ持った才能が突出していて、剣を用いて多くの人を助け続けてきて――。

そしてその過程で、私はある情報筋から信じられない話を聞いた。


――ヴェフェルド王家の者が、他国への侵略を主導していると。

――その目的を遂行するために、まずは隣国の貴族を誘拐・暗殺していると。


初めは耳を疑ったが、それも〝ありえない話〟ではないと思った。

なぜなら、この王国内でも同じことが起こっているからだ。

幼児を弄《もてあそ》ぶための秘密パーティーであったり、長寿とされるエルフを誘拐してその血を売買したり、国際的に禁じられているはずの薬物を密売したり……。

もちろん王族が表立ってそれらを主導しているわけではないが、さりとて積極的に取り締まっているわけでもない。先ほどのユリシア王女などは特に、一緒になってエルフの血を購入しているほどだ。

私はそれが許せなかった。

出自が恵まれていないというだけで、私は相当なハンデを背負ってきたというのに。

表では厳しく平民を取り締まっておいて、裏では甘い汁を吸っているなんて。

民を導くはずの王族が、なんとも薄汚い犯罪に手を染めているなんて。

だから私は、事の真相を確かめにきた。

幸いにも王家は現在、自衛のために〝剣の指導者〟を探しているところだった。

だから表向きは王族の修業に付き合いつつ、もし本当に王族が隣国へ魔の手を伸ばしているようなら、レジスタンスを結成してでも反旗を翻す。

それが私の目的だった。

彼――エスメラルダ第五王子と出会ったのは、その最中のこと。

初めて彼の姿を見た時は、正直哀れみさえ覚えた。

この世のすべてを恨んでいるかのような瞳。

未来にまったく希望を抱いていないかのような顔つき。

王族とは到底思えないほどの粗悪な態度。

現在王家では、血で血を洗う王位継承争いが繰り広げられていると聞く。

正妃の息子でもなく、長男というわけでもない。

そうした〝不安定な足場〟を狙われて、兄弟から理不尽な迫害に遭っているのではないか……。そのように感じられたのだ。実際にも、幼き頃のエスメラルダは、純粋無垢《じゅんすいむく》な笑顔で民たちに人気だったと聞いている。

彼と唯一親しかったマルロク王子も病に倒れてしまったというし――おそらくこれも嵌《は》められたんだと思う――世のすべてに絶望してもおかしくない。

そんな家庭で育ってしまったとなれば、健全な人格が築かれないのも無理からぬことと言えた。

ゆえに気の毒ではあれど、私はしょせん平民。

彼の心情には口を挟まずに、とりあえず剣の修業相手だけ務めようかと考えていた。


――しかし今日、私は負けた。


最初の一撃こそ手を抜いていたが、その後に放った《龍炎墜》では、つい熱くなって本気の七割ほどを発揮してしまった。

その攻撃を、彼は無傷で耐えた。

手加減していたのは事実だが、では本気で剣を交えれば勝てるかといえば、正直まったく自信がない。

それほどに彼の強さは異次元だった。

私は感動した。

とうに生きる希望を失ってもおかしくないはずなのにそんな心境でも耐え続けて剣の修業をし続けた彼の状況がかつての私に重なるししかも本音を言えば彼の少し面倒くさそうな顔がめちゃくちゃタイプなので本当はこのままでいてほしいのだがとにもかくにも辛い境遇でも頑張り続けている彼に尊さしか感じないしむし（ｒｙ
……という感じで、彼に惹《ひ》かれている自分がいた。

なにやら悪役っぽい感じで笑ってはいたが、本来の彼は純粋無垢であることを私は知っている。

隠れて修業し続けてきたであろう彼が、これからいったい何を為《な》すのか。

この腐った国に、どのような光を差し込むのか。

根拠などはまったくないが、私はなぜか、彼がこの国を変える人物になるのではないかと直感していた。

だから決めたのだ。

腐りきった王家に忠誠を誓うのはもう辞めて、彼についていこうと――。

★　★　★

前世で悔いのあることと言えば、それは女ともっと遊んでこなかったことである――。

エスメラルダとして転生した今、俺は改めてそう思う。

気になる女性は一応いたが、まるで歯牙《しが》にもかけられなかったり、付き合えたとしてもチャラ男に寝取られたり……。

女性関係でいえば、前世はマジで悲惨だったんだよな。

冴えないルックスだったし安月給だったし、そりゃモテるはずもなかったのだ。もし俺が女の立場になったとしても、前世の俺とは関係を持ちたくないだろう。

だが今生は違う。

王族という身分は言わずもがな、ルックスもまあ悪くはない。

というか普通にイケメンの部類だと思う。

であれば、転生直後にやることはひとつ。

さっそく道行く女に声をかけて、今生こそウハウハのハーレム生活を送ることだ‼

……と、そう思っていたのだが。

「やっべ、どう声をかけたらいいのかわっかんね……」

いくら身分とルックスが一新されたといえど、非モテのメンタルまでは変えられていないようだ。

特に前世ではおっさんが女に話しかけただけでＳＮＳに晒《さら》されたりしたし、初対面の女と関わることそれ自体に、無駄な恐怖心が出てきてしまう。

「あの、どうされたのですか、殿下」

俺の隣を歩くミルアが、怪訝そうな表情を浮かべている。

「い、いや……」

思わずキョドりそうになってしまったが、しかし、それでは悪役王子のメンツが丸潰れだ。

自分の好きなように生きていくとはいっても、それはプライドまで捨てるわけじゃない。俺の憧れる悪役キャラというのは、簡単に言うと次のような男だからだ。

・悪の目標を成し遂げるための手段は選ばない
・いつでもラスボスのような風格を漂わせていて、多少のことでは動じない
・なんか局所で悪そうな笑みを浮かべている
・己の信ずることは曲げず、たとえ権威者であろうと意見に呑み込まれない

他にもなにかありそうな気はするが、ざっくばらんに言うとこんなところだろうか。

つまりここでミルアに卑屈な態度を見せるのは、小者っぽくて〝俺の悪役美学〟に反するわけだ。

「クックック……ミルアよ」

だから俺はなんか悪そうな笑みを浮かべつつ、意味深な言葉を放つことにした。

「細かいことを気にする必要はない。おまえはただ俺についてくればいいのだよ！」

「…………！」

そこではっと目を見開くミルア。

「そうか……！　やっぱりエスメラルダ殿下は、たったひとりでこの国を是正しようと……！」

「は？　何を言ってるんだおまえは」

なんだ。

よくわからんが、ミルアが想定外に感動している様子である。とりあえず挙動不審になっていたのをごまかせたっぽいので、俺としては結果オーライなんだが。

「私の目に間違いはなかった。エスメラルダ様は、やっぱり世界を変えうる逸材……」

ひとりブツブツ言っているミルアを放っておいて、俺は引き続き城下町の散策をすることにした。

……しかし、困ったな。

かっこいい悪役を演じるのはいいが、しかしこのままでは当初の目標を達することができない。それすなわち、可愛くておっぱいの大きい女を傍に置き、悪のおっぱい王国を築くという、男にとって極めて重大な使命が……！

と。

「……ん」

俺が頭を悩ませている間に、路地裏にひとりの少女が慌てた様子で駆けていくのが見えた。

歳はたぶん俺と同じくらいで、栗色に輝く髪、少し気弱そうな表情、そしてなによりも、

「おっぱいがすごくＤＥ☆ＫＡ☆Ｉ‼」

と思わず呟いてしまうほどの胸だった。

同じく彼女に大きな魅力を感じているのか、柄の悪そうな男が二人ほど彼女を追いかけていったが、そんなことはどうでもいい。

なぜなら俺は悪役王子。

第五王子という身分さえあれば、巨漢から女を奪うことさえ余裕だろう。

「いくぞミルア！　思った通り、俺のなすべきことはここにあったようだ」

と言い放つと、俺は剣帝ミルアとともに路地裏に足を踏み入れるのだった。

3

「へへへ……、すばしっこい奴め」

「だがここまで来ちまった以上、もう逃げられねぇな？」

「や……やめてください……！」

思っていた通り、後から路地裏に入っていった男二人も、巨乳の少女を狙っていたようだな。

壁際まで少女を追い込み、汚ねえ涎《よだれ》を垂らしながらじわじわと距離を詰めている。

――いやあ、本当にすごいよなあれ。

はっきり言って、その二人は別に風貌が綺麗ってわけじゃない。

どちらかというと不潔な見た目をしていて、日本だとまず間違いなく女に拒否されているはずの身なりだ。にもかかわらず、あんなに自信たっぷりに女ににじり寄ろうとするなんて……。

しかもあんなに可愛い子を、自分たちのものにしようとするなんて……！

「…………！」

俺の背後をついてきたミルアが、大きく目を見開いた。

「殿下。あの少女、もしかしなくともエルフでは……!?」

「ああ、おそらくそうだろうな」

前世のゲームにおいても、エルフが人里に下りてくる際には緑色のローブを羽織っていた。

人間とエルフの大きな違いといえば、やはりその尖った耳にあるからな。

だからその耳を見られないよう、ローブを深くかぶって身を隠す。

それがエルフたちの常識だった。

ゲームの設定では、エルフの血は極めて高値で取引されているからな。何百年と生きているエルフたちの血を飲めば、人間たちも常軌を逸した力を手にすることができる――。

そんな噂が、まことしやかに語られているのだ。

しかもエルフといえば、設定的にも超絶美少女が多いことで有名。

おっぱいが大きくて美少女で気高いエルフ、そんな子を弄ぼうとするなんて……。

「許せんな。とっとと滅するとしよう」

「ええ……！」

俺のかけ声に対して、ミルアもやる気充分といった様子で腕まくりをする。

「しかしエスメラルダ殿下……。まさか、こうなることを予期していたのですか……？」

「ん？　予期？」

よくわからないが、しかし俺の憧れる〝悪役の条件〟には、《なんか局所で悪そうな笑みを浮かべている》ということも含まれている。

「クックック……そうだな。自分たちだけで楽しもうなどと、そんなものは俺が一番嫌いなんでね。こうして先回りしていたわけさ」

「エ、エスメラルダ殿下……！」

ククク、これは決まったかもしれない。

本当は男たちからエルフを奪い去り、文字通り《自分だけが良い思い》をしようとしていただけなのにな。

道徳心の欠片《かけら》もなく、ただ欲望のままに生きる第五王子――。

この傲慢《ごうまん》っぷりこそ、まさに悪役たるエスメラルダ・ディア・ヴェフェルドにふさわしいといえるだろう。

「そうだ。やはり私の見立ては間違っていなかった……！」

心の底から感動しているのか、ミルアは目を輝かせてブツブツ呟き始めた。

「やはり一見するとクールでぶっきらぼうに見えるがしかし本当は深い優しさを持っていてなおかつ深い慧眼《けいがん》を持ち合わせているきっと剣術の腕が急上昇しているのもこの世の悪を正すためだと思うきっとそうに違いない私はそう信じて（ｒｙ」

「おい、なに言ってんだ……？」

「はぁぁぁぁああ会えてよかった会えてよかった会えてよかったこれこそがまさしく運命の出会いうんうんそうに違いないっ‼」

「………」

ミルアはなかなか自分の世界から戻ってこないので、もはや当てにならないだろう。

ここは俺一人で、悪役王子らしく男どもから女を引っぺがそうではないか。

「おい、おまえら。そんなところで何をしている」

俺は大仰《おおぎょう》に腕を組むと、エルフにのしかかろうとしている男どもに声をかける。

「こそこそ楽しんでるようだが、そこにいる女は俺のものだ。おまえらのような卑《いや》しい人間が出る幕はない」

「あぁん……？」

俺の呼びかけに、寝癖ボサボサの男が不機嫌そうな声で振り向く。

「なんだてめぇ。俺たちに楯突こうってか、え？」

おっと、そうか。

庶民たちに姿が気取られぬよう、さっきまで黒い仮面をつけていたんだった。

理由はもちろん、黒幕っぽくてかっこいいからである。

「クックック。…………愉快なものだな、無知というのは」

「あ？」

「そこまで言うなら見せてやろう。知られざる私の正体をな‼」

「いや、別にそこまでは言ってないんだが」

俺はニヤリと笑みを浮かべるなり、黒の仮面を外し——悪役王子たるエスメラルダ・ディア・ヴェフェルドの素顔を男どもに見せつけた。

「な、なんだと……!?」

「マジか……!」

当然というべきか、男二人もぎょっとした表情で俺を見返している。

——いやあ、いいねえいいねえ。たまらない。

表ではみずからの姿を隠し、人通りのないところでこうして姿を晒し出す。

まさに俺の悪役美学そのもののシチュエーションだ。

「ああ、やっぱりかっこいい私は今まで恋なんてものを全然知らなかったけれどこういうものを恋というのかもしれないでも初体験なので何もわからないこういう時でもエスメラルダ殿下は私をエスコートしてくれるだろうかいやん私のえっち」

「…………」

背後にいる剣帝ミルアは、相も変わらずぶつぶつ意味不明なことを言いながら両足をもじもじさせている。

「おい、あいつは剣帝だよな？　一人でなに言ってんだ？」

「いや、それは俺にもわからん」

……おかしいな。

あいつは曲がりなりにも剣帝。

ゲーム中ではラスボスにさえ厄介視され、いわゆるチートキャラ的な立ち位置として主人公たちを助けていたはずだ。

そんな剣帝でさえ身動きが取れないということは……、そうか、わかったぞ！

「おい、おまえら」

俺は男たちを見下ろしながら、努めて野太い声を発した。

「ただそのエルフを追いかけてきただけじゃねえな。他に何を……企んでやがる」

「…………！　馬鹿な、なぜそんなことまで……！」

「クックック。どうやらビンゴだったようだな」

剣帝ミルアはチートキャラだ。

そんな彼女でさえ戦闘できなくなっているのであれば、たとえば意識を錯乱《さくらん》させる魔法とか、幻覚を見せる魔法とか、そんな感じのものを使っているに違いない。

現に《限の刻》でも、ミルアは唯一、混乱魔法への耐性がやや薄かったからな。

彼女がその手の魔法にやられていても、なんら不思議なことではない。

「フフフ……。観念しろ。俺に猪口才《ちょこざい》な手は通用しないと思え」

そうしてなんか悪そうな笑みを浮かべた俺に、男たちは警戒心を大きく高めたのだろう。

「クッ……！　なぜか我らの計画を察知している人間だ。今のうちに始末するぞ‼」

と、俺に向けて大真面目な様子で戦闘の構えを取るのだった。

4

「ほう……？」

さっきまで三下っぽい雰囲気を漂わせていた男たちだが、戦闘になると目つきが変わったな。

懐に隠し持っていたらしい短剣を両手に持って、油断ない視線を俺に向けている。

「エスメラルダ殿下……。加勢致しましょうか」

と。

いつの間に魔法から立ち直ったのか、ふいにミルアが俺にそう提案してきた。

……そうだな。

部下にすべてを任せるのも悪役っぽくていいんだが、ここはエルフの好感度を稼ぐことを優先したほうが良さそうだ。

前世ではろくに満喫できなかった〝ハーレム生活〟を、今生くらいはまっとうしてみたいしな。

「いや、いい。ここは俺に任せておけ」

「かしこまりました。エスメラルダ様の勇姿、この目に焼き付けておきます……！」

恭《うやうや》しくお辞儀をするミルアに頷きかけると、俺も同じく鞘から剣を抜き、戦闘の構えを取る。

「ふふふ……ははは……」

「まさか戦うつもりなのか？　悪名高き第五王子ごときが」

そしてやはり、第五王子の悪評はこんなムサい男たちにも伝わっているっぽいな。

両頬を卑しく吊り上げ、勝利を確信しているかのような笑みを浮かべている。

「王子ぃ。聞いてますよ？　あんた、ゴブリンにすら勝てずに王女に守ってもらってたんすよね？」

「ゴブリンなんて、冒険者になりたての新米でも勝てるのによぉ。ちぃと血筋がいいからって、俺たちを従わせられると思うなよ」

「貴様ら、エスメラルダ殿下を悪く言うのは断じて許――！」

先に憤《いきどお》ったのはなぜかミルアだったが、俺はそんな彼女を右腕で制する。

……前世の記憶が戻る前の話ではあるものの、たしかにゴブリンから逃げた覚えはある。

たぶんあれは、自身の強さを国民に広くアピールする会だったか。

ゴブリン程度の魔物、本来の「エスメラルダ」ならもちろん取るに足らない魔物だ。いかにレベル自体が低かろうとも、ステータスそのものは高いからな。

しかし俺が戦ったゴブリンだけ、異様に強化されていた覚えがある。

俺も油断していたわけではないんだが、執事から渡された武具では到底敵《かな》わず――やむなく撤退したんだよな。

後から考えれば、あれはユリシア王女によってハメられたんだと思う。

俺が思わず身を引いた直後、これ幸いとばかりに、ユリシア本人が飛びかかっていったからな。

しかも偶然、当時の彼女は強力な宝剣を持っていたし――。

あまりにもシナリオができすぎていたのである。

おそらく作中のエスメラルダ王子も、そうしたしょうもない血筋争いが嫌になって、メンタルが不安定になったんだろうな。

だが……。

こんな昔話で動揺してしまうようでは、悪役の風上にも置くことができない。

いついかなる時も泰然自若としていることが、俺の憧れる悪役の条件だからな。

「さて、立ち話はもう終わりだ」

俺は笑みを浮かべつつ、男たちを挑発してみせる。

「かかってこいよ愚民ども。おまえらのようなクズが、王子様と戯《たわむ》れる絶好の機会だぜ？」

「あん……？」

その反応が面白くなかったのだろう。

男たちは一転して表情を歪《ゆが》めると、中腰になりながら強気に言い放った。

「はっ、いいだろう。そこまで言うなら遊んでやるよ、最弱の王子様よぉ！」

と、二人同時にこちらへ突進してきた。

――速いな。

なにかしらの組織にでも所属しているのか、妙に統率が取れている。

というかこの動き、どこかで見たことあるような……？

カキン、と。

男が振り下ろしてきた剣を、俺は同じく剣で防いでみせる。

「お……？」

なんだ。

思った以上に軽いな。

さっき剣帝ミルアに勝ったことで、全体的なステータスが向上しているのかもしれない。ゲームでよくあるレベルアップってやつだ。知らんけど。

「な、なんだと……？」

「怯《ひる》むな！　間断なく攻撃を差し込め！」

簡単に防がれたことに対し、男たちも驚きを禁じ得ない様子だった。

しかしまあ、やはり剣帝ミルアと比べればぬるすぎるな。

男たちが続々と繰り出す剣撃のすべてを、俺はさも当然のように受け止めていた。

しかもこの動き方、やはり俺には見覚えがある。

前世でのゲームも非常に精巧に作られたＶＲゲームだったので、もはや疑いようもないだろう。

「おまえら……王国軍の人間だな。それも第三師団所属の」

「な………⁉」

「第三師団ってことは、ユリシア姉様とも距離が近いはずだ。――ふふ、さぞ色々と裏がありそうだなぁ？」

「き、貴様……！」

図星だったのか、あからさまな動揺を見せる男たち。

……なるほど、薄汚い風貌はカモフラージュか。たしかに今の見てくれならば、王国に従事する者がエルフに手だししているようには思えない。

通りすがりのおっさんが、道行くエルフに欲情したとしか捉えられないだろう。

「クックック……。その反応を見るに、当たらずしも遠からずといったところかな」

「よ、世迷言《よまいごと》を言うな！　なぜそんなふうに言い切れる！」

「はは、おまえらが知る必要はないのだよ」

なんか悪そうな笑みを浮かべつつ、あくまで泰然とした態度を崩さない俺。

――決まった。

悪役王子として、この上ないシチュエーションであろう。

「エスメラルダ殿下……」

背後では相も変わらず、ミルアが両手を重ねて俺を見つめていた。

戦場なのに油断しっぱなしで本当に怖いな、この女。

「そらっ！」

ガキン、と。

俺が思い切り剣を振り払うと、それを刀身で防いだ男たちが大きく後退していった。

「くっ、これはいったいどういうことだ……！」

「こんなに強いなんて聞いてないぞ……！」

当惑する男たちに向けて、俺は自信満々に距離を縮めていく。

「クク、さあどういうことかな、諸君。仮にも王国軍に所属している者が、俺が王族とわかっていてもなお突っかかってくる。何かがあると考えるのが妥当ではないか？」

「ぐ……」

俺がそう問い詰めるも、男たちは黙ったまま後ずさりするのみ。

ちなみにユリシア王女と第三師団に繋がりがあること自体は、当然ハッタリをかましているわけではない。

紛《まご》うことなきゲームの公式設定だ。

基本的に主人公の一人称視点で進むゲームだったので、王家で繰り広げられていたという玉座争いについて、細かいところまで語られていたわけではないが……。

しかし男たちの反応を見るに、俺の推測は正解だったようだな。

「ふふ……」

だがまあ、俺にとっての最優先は当然エルフの女の子。

国家に渦巻く陰謀も、王族たちの玉座争いも、それに従う王国軍にも興味はない。俺はただ、悪役王子をまっとうして好き勝手に生きられればそれでいい。

俺は咄嗟に地面を蹴ると、男たちの間をすり抜け、尻餅をついたままの女の子と距離を詰める。

「な……!?」

「馬鹿な……!?」

数秒遅れて男たちがこちらを振り向くが、もう遅い。

俺は少女の顎《あご》をくいっと持ち上げると、小声でこうささやいた。

「俺がおまえを救ってやる。だから今日から……俺のものになれよ？」

「…………ッ」

決まった。

少女は顔を真っ赤にして、こくこくと頷いている。

やっぱ王子＋イケメンって反則要素だよなあ。〝人間顔じゃない〟とはよく言うが、やはりイケメンであるに越したことはないだろう。

実際にも今、エルフの少女の目はまさにハートの形になっているからな。

「ふふふ……」

俺はゆっくり立ち上がると、前髪をさらりと掻《か》き上《あ》げながら男たちへ振り向いた。

「ごめん、寝取った☆」

「なんか知らんがムカつく‼」

顔を上気《じようき》させ、その場で地団駄《じだんだ》を踏む男たち。

いいね、実に三下らしい言動だ。

俺の強さを一層際立たせてくれている。

「まあ、そういうわけでおまえらには眠ってもらおうか。一瞬で片づけてやるからな」

「な、なんだって……⁉」

さっきまで地団駄を踏んでいた男たちの視線が、ぎろりとこちらに差し向けられる。

「いい気になるなよ小僧。いくら王族といえど、証拠さえ残さなければ殺してもいいって言われてるんだぜ？」

「……ほう？　誰にだ？」

「答えるかよ馬鹿野郎ッ！」

男の一人が威勢よくそう言い放つが――。

「はっはっは、元気なのはいいことだがな。もっとまわりを見てないと駄目だぜ？」

奴らが剣を構えたその直後には、俺は彼らの背後に回り込んでいた。

ゼルネアス流の剣技が一つ、《瞬透撃》。

ゲーム世界ではすべての技を主人公に習得させていたので、その使い方が身体にもう染みついている。主人公の場合はいちいちレベルを上げないと強い技を使えなかったが、このエスメラルダは最初から強い技を扱える。

やはりこの第五王子、あまりにもチートだな。

この《瞬透撃》だって、本来ならゲーム終盤にならないと習得しない大技だったんだが。

「殺しはしない。だがもう、二度とその手で剣を握れると思うなよ……！」

俺はそう言い放つと、男たちの両手両足に鋭い斬撃を見舞う。

「かぁぁあぁぁぁぁあああ……っ‼」

鋭い痛みを感じたか、その場にうずくまる男たち。

本当ならこの場から逃げ出したいだろうが、足を深く斬りつけておいたので、走ることもままならないだろう。そして手首にも強い攻撃を与えた都合上、剣も持てないはずだ。

「……どうだおまえら。ゴブリンにさえ負けた男に敗北する屈辱はよ」

「あ、ありえない……！　欠かさず訓練してきた俺たちが、なぜ出来損ないの第五王子などに……！」

「へえ？　訓練ってのはなんなんだよ、おい」

意識が朦朧《もうろう》とし始めているのも構わず、俺は男の前髪を掴み上げる。

クックック……こういう仕草も悪役っぽくていいよな。

「言うわけが、ないだろう。――今後はどうか頼みましたぞ、敬愛するユ……」

そこまで言いかけて、男たちは意識を失うのだった。

5

終わった。

あれだけ威勢のよかった男たちも、今ではもう身じろぎ一つしない。

しばらくは目を覚まさないだろうし、仮に意識が戻ったとしても、手足が負傷しているので思うように動けないだろう。

「ふふ……ふふふ……」

しかし真の悪役たるもの、ここで勝利の余韻に浸ってしまってはいけない。

それはどちらかというと主人公ポジのやることだ。

悪役王子たる俺が今やるべきは、ただひとつ――。

「勝った！　俺は勝ったのだ‼　ははははははは！」

大仰に両腕を広げ、悪っぽい笑い方をする俺。

日本でこんなことをやったら怪しまれるが、今の俺ならむしろ映えるだろう。なぜならイケメン悪役王子だからだ。

「生きとし生ける者は恐れおののくがよい！　今ここに、悪の王子エスメラルダが――」

しかし俺の高笑いは、そう長くは続かなかった。

なぜならば――。

「エスメラルダ様っ！」

「どわっ！」

さっきまで男たちに追い詰められていたエルフに、ものすごい勢いで抱き着かれたからだ。

もちろん、大きなおっぱいも当たっている。

というか、当てられている気がする。

「ありがとうございます、助けてくださって……！」

「や、やわらか……！」

前世ではあまり異性経験がなかったためか、反則級の感触に思わず気が飛びそうになってしまった。

が、そんなムーブは〝真の悪役〟としてふさわしくない。

俺は「ふっ」と意味深な笑みを浮かべると、努めて動じていないふうに言った。

「別におまえを助けたかったわけじゃない。あいつらが気に喰わなかっただけさ」

「か、かっこいい……」

そのまま目をキラキラさせているエルフの少女。

歳は俺と同じか、ちょっと下くらいか。

まだローブを羽織っているのでよく風貌は見えないが、あどけない顔つきをしている割に胸はバチクソ大きく、こりゃあ確かに男たちが夢中になるのも頷《うなず》ける。

……クク、しかし見た目に違わず純粋な女だな。

俺は男たちが一生懸命にアプローチしていたところに乱入してきた、いわゆる寝取りクソ野郎だ。それでも俺のほうに好意が傾いてしまうわけだから、やはり王子+イケメンは強いな。

剣帝ミルアという超絶猛者《ちようぜつもさ》も部下に加わっているし、着実に俺の王国が築かれつつあるな。

——そう。

悪の王子が築く、神聖なる悪のおっぱい王国を‼

そんな感想を抱きながらも、ぐりぐりと身体を押し付けてくるエルフの感触を堪能するのだった。

6

私――剣帝ミルア・レーニスは深い感動を覚えていた。

思った通り、エスメラルダ殿下が秘密裏に特訓していたことには意味があったのだ。

エルフといえば、私たち人間と比べて圧倒的に強い種族。

少女はまだ幼いゆえに逃げるしかなかっただろうが、成人したエルフは人間とは比較にならないほどの魔力を有する。人間の魔力を一とすれば、エルフは百……。

それほどの力量差があるのだ。

にもかかわらずエルフたちが人間に〝されるがまま〟なのは、基本的にエルフが平和主義者だから。異種族で争うことの無意味さを主張し、できるだけ対話で解決を試みようとする――。

それがエルフたちの思想なのだ。

おそらくユリシア王女を筆頭とする貴族たちがエルフを攫《さら》っているのも、そのあたりに原因がある。

エルフたちであれば、多少痛い目に遭わせてもどうせ何も言ってこない。

だからこうしてエルフを襲い、希少とされている血を奪い取る……。

こんな非人道的な行為がまかり通っているのだ。

きっとエスメラルダ王子殿下はここに目をつけたんだろう。

街に出た直後やや挙動不審だったのは、おそらく男に追われているエルフを捜し出すため。

そしてそれを見つけた後は、その圧倒的な武力を用いて男たちを制圧する——。

すべてはエスメラルダ殿下の緻密《ちみつ》な計算によるものなのだろう。

特に痺《しび》れたのは、一見して無精に見えるその男たちを、第三師団の軍人だと見抜いた点だ。

この第三師団は前述のユリシア王女と関係が深いため、これで点と点が一つに繋がる。


それすなわち、他ならぬユリシア王女こそが、第三師団を率いてエルフを捕えていたということだ。


……やはりエスメラルダ王子に付いてきて正解だった。

彼は本気で、この腐った世の中を是正しようとしている。

強き者が弱き者を虐《しいた》げ、自分たちの利権を貪《むさぼ》ろうとする——そんな社会は間違っているのだと。

醜《みにく》い玉座争いを目にしてきた彼だからこそ、そして王族たる彼にしかなしえないことを、今ここで果たそうとしてくれているのだと。

これまでの私ならば、王族を信じることは到底できなかったけれど。

エスメラルダ殿下は、私の知らぬ間に血の滲《にじ》むような修業をし続け――。

そしてその力でもって、窮地《きゅうち》に陥《おちい》っていたエルフを救ってみせた。

この一連の行動すべてに、エスメラルダ殿下の人柄が表れていると思う。いくら外見上はぶっきらぼうに振る舞っていても、彼には神をも超越した人間性があるのだと。

いや違うか。エスメラルダ殿下こそが神だったのだ。

エルフの少女はとても可愛らしく、しかもそんな彼女に抱きしめられているとあっては、並の男なら下世話な考えが思い浮かぶはず。

しかし彼はその様子をおくびにも出さず、「別におまえを助けたかったわけじゃない」と超絶クールに振る舞っているのだ。

遠慮なく抱き着いているあたり、少しエルフの少女に嫉妬しなくもないが――。

彼ならば、きっとこの世界を変えてくれる。

そう信じられるのだ。

だからこそ、私も意を決して王子に話しかけることにした。

「エスメラルダ王子殿下……。私もその、抱き着いてもいいですか？」

「は？」

「王子殿下と距離が近いのは、そのエルフよりも私ですから。ですから私のほうが抱きしめてしかるべきだなって」

そう言いながら、よく「大きい」と言われる胸部を強調してしまう自分。

こんな下世話なこと、本当は大嫌いなはずなのに。彼を相手にすると、なぜかそれが崩れてしまうのだ。

「ふっ」

エスメラルダ王子は再び意味深な笑みを浮かべると、右腕をこちらに差し出してきた。

「いくらでも好きなように飛び込んでくるがいい。俺がしっかり受け止めてやる」

「お、王子殿下……！」

あまりに優しいその発言に、私は思わず彼の上半身にダイブをかましてしまった。

ああやっぱりかっこいい素敵すぎる彼に触れただけで身体が震えるしやっぱり胸がキュンキュンしてしまう今まで恋愛に全然興味なかったけれどこの気持ちはきっと本物ああ彼ともっと近い距離で接する日が訪れるのだろうかいやん何考えてるの私のえっち（ｒｙ
「おいミルア、鼻血出てるぞ⁉」

王子にそう話しかけられたのを最後に、私の意識はぷつりと途切れた。

7

「むにゃむにゃ……エスメラルダ様、エスメラルダ様……」

やはり剣帝ミルアはちょっと頭のネジがずれてるっぽいな。

俺に抱き着いた瞬間、ぶつぶつ呟きながら、ぼふぉぉぉぉおっ！　と盛大に鼻血を出して気を失ったのである。

やはり男たちにかけられた（であろう）妖術は、まだ治ってはいないんだろう。

安全な場所に移動し次第、術の治療に取り掛かったほうが良さそうだ。

——そして。

「いい加減離れろ。暑苦しいったらないぞ」

豊満な胸をいまだにぎゅうっと押し付けているエルフに、俺は呆れとともに呟く。

おっぱいを堪能できたのは狙い通りではあるんだが、しかし色恋だけに現《うつつ》を抜かしているようでは、かっこいい悪役とは言い難い。

悪名高い王子を演じるからには、しっかりと自分の欲望も抑えないとな‼

「は……はい。すみません」

なんだか名残惜《なごりお》しそうに俺から離れるエルフ。

まさか女の子にこんな顔されるなんて、さすがイケメン王子に生まれてきただけはあるよな。

「こほん」

俺は大きく咳払いをして、話題を無理やり切り替えることにした。

「それよりエルフの子よ。そろそろ名乗ってもらおうか」

「はい！　私もエルフ王国の王女、ローフェミア・ミュ・アウストリアです‼」

「そうかそうか、おまえも王女だったか……って、は？」

ちょっと待て。

このエルフも王女だなんて、さすがに聞いてないんだが。

本当に俺の知るローフェミアなら、顔を見ればすぐわかるはず。

「……ローブ、取ってくれないか」

「はい！　エスメラルダ様のためなら！」

エルフ――改め自称ローフェミアは、言われた通り自身の顔を覆っていたローブを取る。

そしてその瞬間、ゲームで何度も見てきた美少女が目の前に現れた。

桃色のボブヘアに、くりっと丸い瞳。

そして童顔のくせしてでかすぎるおっぱいと、おっぱいと、おっぱいが……

ッ！

「？　どうしたんですか、エスメラルダ様」

「い、いや……。なんでもない」

嘘だろ。マジでローフェミアだったのかよ。

さすがに予想外だったものの、ここで彼女と出会えたことは、ある意味で僥倖と言える。

登場初期こそあまり強くないが、素養だけで見れば最強クラス。根気よくレベル上げを続けていけば、やがては主人公さえも超える超化け物へと変貌を遂げるんだよな。

そしてもうひとつ、彼女には非常に重要な設定があり――。

「ねえ、来ますよね？　私の故郷に」

急に冷たいオーラを放ちながら、再び腕を絡ませてくるローフェミア。

その際にまた豊満な胸が当たっているが、たぶん、これはあえて当てている。

なぜなら彼女は――。

「来ますよね？　エスメラルダ様。来てくれますよね…………？　じゃないと私、もう生きていけないんじゃないかと思うんですよね…………」

そう。

彼女は極度のヤンデレであり、特定の誰かを好きになると一切まわりが見えなくなる。

本来であればゲームの主人公にその狂気っぷりを発揮するわけだが、さっそく通常のシナリオがずれ始めているようだな。

「……行かないと駄目か？」

「そうですね。来てくれないと困りますね。だってそうですよね、私にはもうエスメラルダ様しかいないんですよ？？？」

そしてこの様子だと、まあ間違いなくヤンデレモードになっている。

心なしか俺を抱きしめる力が強くなっており、これくらいの力があればさっきの男たちも自分で倒せただろ、という気持ちを一生懸命封殺する。

「…………ふっ」

しかし、ここで取り乱してしまっては真の悪役らしくもない。

俺の目的は、あくまで可愛い女を侍《はべ》らすこと。

そして悪のおっぱい王国を築き上げ、前世では満喫できなかったハーレム生活を営むことだ。

となれば、ここで俺が取るべき行動はひとつだろう。

「いいだろう。だがその代わり……おまえがやるべきこと、わかっているよな？」

「はい♡　こういうのが好きなら、私の知り合い含めていくらでも楽しめると思います。でも……私のことを一番好きでいてくれないと駄目ですからね？」

こういうのと言いながら、ローフェミアはまた強く俺に胸を押し当ててくる。

クックック、さすがはローフェミア。

ヤンデレモードに入った彼女は、欲しいものを手に入れるためならなんでもする。しかもエルフ王国の王女なわけだし、俺の味方にすれば良いこと尽くしになるのは間違いない。

「いいだろう。案内してくれ、俺をそのエルフ王国とやらにな」

「ありがとうございます……‼」

そう言って天使級の笑みを浮かべるローフェミアは、さすがは数多《あまた》もの熱狂的なファンを生み出すだけあって、めちゃめちゃ可愛かった。

「魔道具作らないと……エスメラルダ様をいつまでも見てられる、魔導写真機《マドウカメラ》を…………」

ミルアはミルアで、気を失ったまま何かをボソボソ呟いているのだった。

8

「あ、そうだ」

エルフ王国に向かおうとした瞬間、ローフェミアが兵士たちを見て立ち止まった。

「そういえば、この兵士たちはどうしましょうか？　いずれ目を覚ますでしょうし、エスメラルダ様のことを上の者に報告するかもしれません」

「ふむ……」

たしかにそうだな。

先ほどの戦い方を踏まえれば、こいつらが第三師団の兵士であることは確定事項。

そしてその第三師団そのものが、ユリシア王女と深い関係にあることも確定事項だ。

つまりこいつらを放置すれば、俺はさらにユリシア王女に目をつけられることになる。

面倒くさいことになるのは間違いないし、今のうちに兵士どもを始末するのが無難な選択ではあるんだが——。

「いや、いいさ。こいつらにはこのまま、俺のことを喋《しゃべ》ってもらおう」

「え……!?　いいんですか？」

「ああ、構わない」

そう言ってニヤリと悪い表情を浮かべる俺。

なぜ今回に限って、男たちの口封じを見送ろうとするのか。

——それは単に、俺の理想とする悪役像に反しているからだ。

裏でコソコソ動きまわるのではなく、気に入らない相手には真正面から啖呵《たんか》を切る。そうやってユリシア王女に揺さぶりをかけたほうが爽快だし、なによりも、誰かの陰で動き回るのは前世でこりごりだ。

一見すると賢くないかもしれない。

一見すると損しているかもしれない。

それでも俺は、己の信じた道を往く——。

今生のエスメラルダ・ディア・ヴェフェルドはそういう男だ。

「すごい、大胆なんですね……」

目をキラキラさせて俺を見るローフェミア。

「そしたら、男たちの記憶は操作しないでおきますね。エスメラルダ様がお望みなら、それも検討していたんですけど」

「ああ、よろしく頼む」

記憶操作。

どう考えてもチート技だが、たしかゲーム中のローフェミアもこれを得意としていた気がするな。

そんなキャラを味方にできたなんて、「悪のおっぱい王国を築く」という俺の夢は、これで大きく実現に近づいたといっても過言ではないだろう。

「あ、でも。このまま逃がすのは癪《しゃく》なので、ひとつだけ悪戯《いたずら》してもいいですか？」

「ん？　悪戯？」

「はい。十秒に一回にはおならが出るように暗示をかけたいです」

「………………」

なにかと思ったら、めちゃくちゃしょうもないな。

まあローフェミアは男たちの被害者なわけだし、実際にどうするかは彼女に決めさせるか。

いや。待てよ……？

「ローフェミア。それもいいが、さらにもう一つ、良い悪戯があるぞ」

「へ……？」

目を見開くローフェミアに、俺はそっと耳打ちをする。

「‼　いいですね、それ‼」

「ふっふっふ、これを喜ぶとは……おまえもなかなかに悪だな」

「いえいえ、そんなアイディアが浮かぶエスメラルダ様が一番ですよ」

そう言って互いに悪い笑みを浮かべる俺たちだった。

たしかゲームの設定上では、ユリシアは胸の小ささにコンプレックスを感じていたはず。

昔、なにげなく兄弟から放たれた〝貧乳〟という言葉がトラウマになっているんだとか。

だから現在、ユリシアは胸パッドを入れている。

少しずつパッドのサイズを増していったのもあってか、周囲には不審感を抱かれていないようだが――。

その秘密を暴けば、きっとユリシアにも大きなダメージを与えられるだろう。

まさに前世のゲームをやっていた俺しかできない、あくどいやり口だと言えた。

9

エスメラルダが兵士たちを倒してから、約三時間後――。

ユリシア第一王女は、エルフを取り逃がしたという兵士二名からの報告を受けていた。

「――え～、以上のことから」

ぶほほほっ。

「エスメラルダ殿下は」

ぶほほほほほっ。

「ユリシア王女殿下を目の仇にしている可能性が」

ぶほほほほほほほっ。

「非常に高く……」

びっふぃ――っ。

「ま、待ちなさい！」

いてもたってもいられず、ユリシアは屁をこき続けている兵士を制止した。

「いったいどういうつもりですか！　栄えある王城で、こんな――」

ぶほほへへっほ！

兵士たちが同時に特大のおならをあげ、ユリシアの怒声はかき消された。

ヴェフェルド王城にある、ユリシア第一王女の私室。

次期国王として一番有力な候補であることから、そこは他の王族と比べても豪勢な部屋だった。エスメラルダと比べれば部屋の大きさも二倍ほどあるし、清掃も細部まで行き届いている。

天井に掛けられたシャンデリアも、ユリシアが腰かけているソファも、何気なく口につけているマグカップも、なにもかもがユリシアの気に入った高級品だけで揃えていた。

そんな第一王女の聖地ともいえる場所で――。

ぶっほるげっげるげるぼっぺっぱー！

という、あまりにもでかすぎるおならが響き続けていた。

「……………ぐぬぬ、あなたたち」

「ち、違うんです王女様！　なぜかエルフを逃がしてから、これが止まらなくなって……！」

ぶほほほほほっ！

という軽快な音を尻から響かせている割に、当の本人たちの表情は青ざめていた。

「臭い、臭いですわ……！」

室内に充満する悪臭に、ユリシアは思わずハンカチで鼻を覆う。

聞いたところによれば、エルフの一部は、厄介な洗脳魔法を扱うことができるらしい。

この兵士たちには新たなエルフの確保を依頼していたし――おおかた、それに毒されたんだろう。

おならの音もなんだか現実離れしているので、これが男たちに課せられた〝エルフからの仕返し〟ということか。

それにしては仕返しの内容がかなり低俗だが。

「王女殿下、少しよろしいですか」

そう話しかけてきたのは、ユリシア王女の隣に立つ老年の執事だった。

「エルフの洗脳も気がかりですが、彼らが〝エスメラルダ〟の名を出していたことも気になりますな。なにかよからぬことが起きていそうです」

「ええ……そうね」

第五王子エスメラルダ・ディア・ヴェフェルド。

正妃の息子ではなく、さらには剣や魔法の才能を一切持たない無能者。

本来なら取るに足らない相手だが、たしかに嫌な予感がするのは否めない。

なぜか剣帝ミルアからも厚く信頼されていたようだし、これは警戒していたほうが良さそうか。

いくら王位継承の望みが薄いとはいえ、現国王の血を引いている以上、その可能性がないとは言いきれない。

もし万一にでも、ユリシアが裏でエルフを攫っていたことを公表されてしまったら――。

表では聖女を気取っている自分の本性が、周囲の人々にバレてしまったら――。

それこそ、文字通り取り返しのつかないことになる。

ある程度なら悪評の揉み消しも可能だが、今のうちにどうにかしないといけないか。

ユリシアがそこまで考えた、次の瞬間だった。

「我が姉……ユリシアよ。俺はエスメラルダ・ディア・ヴェフェルド。ヴェフェルド王国の第五王子である」

ふと兵士の一人が立ち上がり、そう言いだした。

「あ、あれ？　ち、違います。これは自分が言いたいんじゃなくて……！」

そして案の定、兵士は顔面真っ青の状態だった。

これもまた、エルフにかけられた洗脳魔法だろうか。

ということはやはり、エルフとエスメラルダは手を組んでいるということか……？

「クックック……俺は知っているぞ。姉上が胸のなかに抱いている、誰にも言っていない秘密を。胸だけにな。クックック……」

「な……!?」

その言葉に、ユリシアはぎょっと目を見開いた。

まさか。

この堂々とした言葉選び……まさかエスメラルダ、本当に自分の悪事を知っているのか……!?

「私は知っているぞ。姉上はうまいこと外面を保っているが、しかしその胸は欺瞞《ぎまん》で取《と》り繕《つくろ》われていることを！」

「ぐ…………！」

なぜかユリシアの胸部を指さしてそう宣言する兵士に、ユリシアは内心、動揺が収まらない。

この言い方。

やはりエスメラルダは、自分が隠れてエルフを誘拐していることを知っている……!?

「だが——まだ決定的なことは言わないでおいてやる。この秘密が公になった時……姉上は姉上のままでいられなくなる。それだけ秘匿性《ひとくせい》の高い情報だからな」

「…………」

「しばらくは震えて待つがいい。まあ、降参するというのならそれでもいいがな」

「く……‼」

「それじゃあな。可哀相だからこいつらの言語能力を奪うのもここまでだ。処分は姉上に任せる。——それではな」

そう言って、ばたりとその場から崩れ落ちる兵士。

「…………」

本来なら王女に対してあまりにも無礼な言動だったが、今のユリシアには咎《とが》めることができなかった。
第五王子、エスメラルダ・ディア・ヴェフェルド。
あのやる気のなさそうな弟が、手の付けられない怪物に思えてきたからだ。

10

「クックック……。今頃姉上は、恐怖で夜も眠れぬ状態だろう」

兵士を倒してから三時間後。

俺たちはこのまま、ローフェミアとともにエルフの王国に向かうことにした。

もちろん通行人に姿を見られたら面倒なことになるので、極力、正体がバレないように変装しているけどな。ローフェミアと同じように、深いローブを被って顔を見られないようにしている。

「ふっふっふ……。エスメラルダ様、本当に悪いことを思いつきましたね……」

俺が悪役っぽく笑っている傍《かたわ》らで、ローフェミアもなんか悪そうな表情を浮かべだした。

「そうだろう？　外面を大事にする姉上にとっては、巨乳パッドを使っていることをバラされることが何より恐ろしいはず。クックック……我ながら悪い作戦を思いついたものだ」

これにて、俺は実質的にユリシアへ喧嘩を仕掛けたことになる。

おかげでもう王城へは帰れなくなってしまったが——まあ、そんなことはどうでもいいだろう。第五王子なんて仕事らしい仕事もしていなかったし、少しくらい姿をくらましたとて何の影響もない。

ヴェフェルド王国の陰鬱《いんうつ》とした空気にも嫌気が差してきたところだ。

俺はこれから、エルフ王国を起点として、今生こそ好き勝手にハーレム生活を築いていくのだ。

ちなみにエルフ王国のある場所だが、ゲームの設定では、たしかまんま世界の中心に位置していたと記憶している。

世界の真ん中には大きな大樹があって、そのまわりには未踏《みとう》の森林があって、そこでエルフが暮らしている……。

まあ、よくある設定だったんだよな。

ここ王都ヴェフェルドからは相当離れているので、普通に向かっていくのでは時間がかかりすぎてしまう。ではどうすればいいかというと――。

「そらっ‼」

王都ヴェフェルド。その地下水路にて。

目の前にいるザコモンスター――ゴブリンナイトを剣の一太刀で片づけると、俺は息をつきながら周囲を見渡す。

何度もゲームプレイしてきた時の記憶と同じだ。

人がギリギリすれ違えるくらいの狭い通路が、視界の奥まで延々と続いている。ゲーム時はチュートリアル的に訪れる場所だったので、リポップするモンスターはそこまで強くないけどな。

そしてこの地下通路の一角にて、エルフの王国へと繋がるワープポイントがある。

ゲーム廃人だった俺は、これを当然のことのように覚えていた。

「さあ、たしかこの先に行けばよかったはずだ。ついてこい、二人とも」

そうして歩き出す背後の二人——剣帝ミルアと王女ローフェミアが、ぽかんと口を開けて見つめていた。

「なんでエスメラルダ様、この道筋がわかるんでしょうか……」

「ふふ、だから言っただろう。エルフの知能もずば抜けているようだが、エスメラルダ王子殿下の知能はそれをはるかに凌駕《りょうが》している！　つまりはそれこそが神の証であり最強の証でもあり私があのお方についていくと決めた理由の一つでもある本当はもっと話したいこと沢山あるけどでもこれ以上話すと私の血がぶほほほほほっ‼」

……ブツブツ呟きながら鼻血を出し、またその場から崩れ落ちるミルア。

さっきから大量出血がひどいんだが、あいつはこのまま生きて帰れるのだろうか。

そして納得いかない点は、さらにもう一つあった。

つい数十分前の出来事だ。

「よし、じゃあさっそくエルフ王国へ行くか。ローフェミア、案内してくれないか？」

「………………」

「ん？　どうした」

「ごめんなさい。帰り道忘れちゃって……」

「…………は？」

あまりにも衝撃的な発言に、さすがの俺も思考停止してしまった。

「ローフェミア。おまえが人界に降りてきた目的は、たしかエルフ誘拐の真相を突き止めるためだったよな？」

「え？　あ、はい。えへへ……」

俺と話しているだけで顔を真っ赤にするローフェミア。

アニメキャラよろしく巨乳の露出部分がめちゃめちゃ広いので、どうにもそこに視線を向けていきそうになるが――。

しかしそこだけを見ていては小物の悪役なので、極力、目を見て会話するようにする。

「……そんなに大事な役目があるんだったら、帰り道を忘れてちゃ意味ないだろ。びっくりしたぞマジで」

だってこいつ、俺に出会わなかったら帰れなかったってことだぞ。こんな間抜けな話があってたまるか。

あの時俺が戸惑ったのも、さすがに無理からぬことだと思う。

「でも、やっぱりエスメラルダ様に出会えてよかったです！　私を助けてくれただけじゃなくて、頭もいいなんて……。かっこよすぎて卒倒《そっとう》しそうです」

「ローフェミア王女、抜け駆けは良くないな」

俺と腕を絡ませようとしたローフェミアの肩を、立ち直ったミルアが力強く掴み上げる。

「さっきは黙って見過ごしていたが、そこは私のポジションだ。そう、先にエスメラルダ殿下の魅力に気づいたのは私なのだからなッ‼」

「――――あらなにをおっしゃるの？　おっぱいは私のほうが大きいですし、なにせ私は王女。剣帝ごときの出る幕はありませんわ？　それとも私を刺す気？」

「ば、馬鹿を言うな！　おっぱいは私のほうがでかいぞ！　それは疑いようもない事実だ！」

「あらあら♡　こうなったらもう、エスメラルダ様に確かめてもらったほうが一番早いんじゃないかしらねぇ」

「…………」

片や、急に早口になって勝手に倒れている剣帝ミルア・レーニス。

片や、ヤンデレ属性で妙に好戦的な王女ローフェミア・ミュ・アウストリア。

それぞれ地位や肩書きはめちゃくちゃ立派なのに、とんでもないパーティーが形成されていた。

というかミルアの奴、立場的にローフェミアにタメ口きいてちゃ色々とまずいと思うんだが……。

まあ、仲良しの証だということで、いったんそのままにしておくか。

「「エスメラルダ様、どっちが大きいか確かめてください！」」

二人でそう言いながら、胸を強調してくる美少女二人に。

「ふっ」

俺はなんか意味深な笑みを浮かべると、ポケットに手を突っ込み、くるりと身を翻してみせた。

「そんなものに興味はない。しまいたまえ」

「「…………！」」

「すごい……！　やっぱり、普通の男とは違いすぎる！　かっこいいかっこいいかっこいいかっこいいかっこよすぎて死ぬああ神よあなたはなんてすごい方を生み出してしまったのですかいや違った、神はエスメラルダ殿下だった」

やっべ。

本当はめっちゃ触りたいんだが、非モテをこじらせると、こういう時勇気を出すことができない。

だからかっこつけてこんなふうに言ってみたんだが、

「すごい……やっぱり王子殿下はかっこいい私たちの浅ましい考えを否定することもなくしっかりと受け入れてくださりそして私たちの美しさを認めてくれているやっぱり私はこの方に一

生ついていきたいいやん私のえっち」

「エスメラルダ様……。やっぱりあなたは普通の人とは違う。あなたについてきてよかった……！」

……うん、やっぱり二人の調子はまったく変わっていなかった。

第二章　怠惰な悪役王子、エルフのおっぱいを堪能する

1

「着いたか……」

それから数分後、俺たちはようやく目的地に到着した。

地下水路の一角に隠されていた、人の背丈ほどの小門。

まあ、ゲームでよくある転移ゲートみたいなやつだな。門の内部には淡い光が漂っていて、その光を潜《くぐ》り抜《ぬ》けた瞬間、向こう側の世界へと転移する仕組みだ。

しかもこの転移ゲート、基本的にゲームキャラクターは認知していない。

《限の刻》においても、主人公のクリアしたエリアから順番に転移ゲートが解放される仕組みだったからな。

この部屋においてもそう。

普通にここを訪れただけではただ壁面が広がっているばかりで、転移ゲートを拝めるはずもないんだが——正しい合言葉を唱えれば、部屋への扉が現れることになる。

通常であれば、その合言葉はゲームを進めなければ知ることはできない。

だが俺は前世で《限の刻》を死ぬほどやり込んできた身。ここの合言葉もしっかり覚えていたという形だな。

つまりこの転移ゲートは、プレイヤー側の手間を省くための、ある意味メタ的な便利システムでしかないんだよな。

ゆえにローフェミアもミルアもこの転移ゲートの存在を知らず、

「え、なんですかこれ……？」

「エスメラルダ殿下、なぜこんなところに……？　てっきり何か抜け道があると思っていたのですが……」

と二人して目をぱちくりさせていた。

「クックック……、不安になるのも無理はない。安心しろ。俺の言っていることにミスはない」

今回の転移先は、もちろんエルフ王国。

ゲート以外の手段で向かうにはあまりにも遠いので、今回は裏技を使わせてもらうことにした形である。

「さあ行くぞ。俺の手に掴まれ」

「「は、はいっ……！」」

これ幸いとばかりに、ミルアとローフェミアが同時に片方ずつ腕を絡ませてくる。

くっ……、二人ともまたおっぱいを当ててきているな。

しかしここは我慢だ。真の悪役たるもの、自身の欲望をおさえることも重要だからな。

「ふっ……では行くぞ、二人とも」

合図をかけたのち、俺はおっぱいたちとともに転移ゲートに足を踏み入れる。

直後、一瞬だけ青白い光に視界が覆われ――。

そして数秒経った頃には、四方八方に雄大な自然が広がっていた。

「わぁぁぁああ……！」

「本当に着いた……！」

圧巻の様子で周囲を見渡している美少女たち。

特にミルアはここに来るのは初めてのはずなので、感動もひとしおだろう。

あちこちに生えている大樹、腰のあたりまで生えている草、そして世界の中心にあるとされる《世界の神樹《しんじゅ》》……。

どれも王都では見ることができないので、ミルアが言葉を失う気持ちはわかる。

俺も前世のゲームで何度も見てきた光景ではあるが、やはりＶＲとリアルでは景色がまるで違うからな。

ミルアと同じように感動しているのが本音だったが、ここで取り乱さないのが大物悪役としての矜持《きょうじ》。そんなことよりも気になるのが――。

まわりにいる美少女エルフたちが、めっっっちゃ可愛いこと！

おっぱい大きい子も多いし、しかも露出が多いし、これは楽園すぎるぞ！

悪のおっぱい王国を築くという俺の夢が、早くも成就してしまいそうではないか……！

「あ、あれは人間……？」

「ローフェミア王女殿下、いったいなぜ……？」

しかし悲しいかな、エルフたちにとって人間は〝恐怖の対象〟らしい。

さすがに悪口や暴言を吐かれることはないが、みな一様に俺たちに怯《おび》えてしまっているな。

……まあ、無理もないだろう。

ユリシア第一王女を筆頭として、他にも一部の人間がエルフを誘拐し続けているからな。

いくらエルフたちが平和主義者といえども、俺たち人間を良く思わないのは当然だろう。

「気にしないでください、エスメラルダ様」

そんな俺の気持ちに勘付いたのか、ローフェミアが俺の手をぎゅっと握ってきた。

「きっといずれ、エスメラルダ様のかっこよさがみんなに伝わるはずです。ですからどうか、私たちのことを嫌いにならないでください」

「………………」

これは驚いたな。

自分たちも人間にさんざん苦しめられてきただろうに、それでも俺を擁護《ようご》してくれるとは。

だが——それこそ本当の見当違いだ。

俺こそが悪のおっぱい王国を築き、真なる悪役となる者。本当に恐れるべきはユリシアではなく、この俺なのだから。

だがまあ……せっかく擁護してくれているのだ。

わざわざそれを跳《は》ね除《の》けることもあるまい。

「気にするな。これしきのことで動揺はしない」

俺の憧れる悪役の条件の一つ——いついかなる時でも泰然自若とする。

今生こそ悪役として自分勝手に生きていきたい俺は、この程度のことで取り乱さない。

「ああ、やはりエスメラルダ王子殿下は、私が一生ついていくべき方……」

ミルアは相も変わらずぶつぶつ言っていたが、エルフたちが怖がっているならば、こんなところで長居している場合ではないだろう。

「さあローフェミア、まずは女王に会わせてくれ。先に俺たちの誤解を解いておかなければ、ここで寛《くつろ》ぐこともできん」

「は、はい……‼」

ゲーム廃人の俺なら痛いほどわかっている。

ここエルフ王国には強力な武器防具が取り揃えてあるし、絶好のレベルアップポイントも多数ある。ゴールデンアイアントやシルバースライムなど、経験値効率の良いモンスターがうじゃうじゃいるからな。

要はここに滞在していれば——俺はより強くなれる。

これから悪役王子となって人民を束ねるためには、当然ながら君主たる俺も強くなければならない。

あのクソポンコツ女……ユリシアもなにをしてくるかわからないからな。

つまり立派な悪役王子になるためには、エルフ王国を自由に動き回れるようになることが必須事項。

このままではそれが叶わないので、女王との謁見《えっけん》はなによりの優先事項だった。

「けっこん、けっこん……！」

ローフェミアは別の意味で浮足立っていたが、それについては聞かないふりをしておいた。

2

「なるほど。あなたがヴェフェルド王国の第五王子……エスメラルダ・ディア・ヴェフェルド殿ですか」

エルフ王国の王城。その玉座の間にて。

当代女王クローフェ・ルナ・アウストリアが、玉座に座りながら俺を見下ろしていた。

さすがにエルフ王国の女王が相手とあっては、俺もかしこまざるをえないからな。時と場合に応じて謙虚な態度を取るのもまた、大物悪役になるための必要な要素だろう。

そして当のクローフェ本人は、ゲームと同じくめっちゃ美人だった。

ローフェミアよりやや薄い桃色の長髪を腰のあたりまで伸ばし、透き通るような肌を持ち、そしてお約束のようにおっぱいが大きい。

実年齢はたぶん五百歳とかそこらへんだったと思うが、エルフという便利設定のおかげで、見た目的には二十代後半くらいのお姉さんだった。

「あれが、第五王子……」

「なぜこんなところに……」

そして側近のエルフたちも、俺を見てはヒソヒソ話を繰り広げているな。

さすがに悪口までは発していないようだが、エルフに嫌われまくっている人間のなかで、さらに嫌われ者の悪役王子だからな。悪い意味で注目を浴びるのも無理はない。

だが――ここで挫《くじ》けているようでは真の悪役にはなれない。

たとえ嫌われているとしても、エルフたちの心を掌握《しょうあく》してこそ本当の悪役王子といえるだろう。

「お母様、疑う気持ちはわかります。でもエスメラルダ様はすっごい良い人だから、どうか信じて……！」

「…………」

ローフェミアに懇願《こんがん》されて、クローフェ女王は一瞬だけ押し黙ると、

「ええ、そうですね」

と言って頷いた。

「ローフェミアが強い信頼を置いているようですから、私もそこまで邪険にするつもりはありません。またエスメラルダ王太子も、この度は娘をお助けくださりありがとうございました」

そう言って、小さく頭を下げるクローフェ女王。

これまでの経緯については、すでにローフェミアが簡単に話してくれていた。

「ですが」

女王クローフェの厳しい視線が、ひたとこちらに向けられる。

「三十。これが何の数を意味するかわかりますか？」

「……………」

「これまで連れ去られたエルフの数です。私たちも以前からヴェフェルド国王に異議を唱えてきましたが、しかし状況は一向に進展しておりません。国際社会に訴えても、与太話に過ぎないと一笑に付すばかりで……各国に根回しでもしているのでしょうか？」

「……………」

「さらには、こうしてローフェミアまでもが攫われかけたのです。エスメラルダ王太子には感謝しておりますが、人を嫌うエルフがいることもまた、仕方のないことではないでしょうか」

……まあ、やっぱり相当嫌われているな。

大勢のエルフが迫害されているわけだし、対外的にも政治的にも、女王が人間を迎合できるわけがない。

想定の範囲内とはいえ、面白くない展開だよな。

「ですから……申し訳ございませんが、ここでお引き取りください。今の状態で、あなたたち人間とお話しできることはありません」

そう冷たく言い放つクローフェ女王。

当然、このままではエルフ王国を自由に動き回ることなど到底不可能。

悪のおっぱい王国を築くことも夢のまた夢だろう。

しかし、俺は真なる悪役を目指す者。

良識を持つ者なら引き下がる場面だろうが、ここで退散するつもりはない。

周囲の気配を探ってみると、第三師団と思わしき怪しい気配があるからな。

今か今かと次なるエルフを攫おうとしているようだが、ククク……エルフ王国に取り入るために、おまえらを使わせてもらうぞ。

「クローフェ女王。まずはあなたの心労、お察しします。私が言えたことではないですが、人に不信感を抱きつつも私を招き入れてくれたこと、心より感謝します」

開口一番、俺はまず女王に同調を示す。

当然こちらにも言いたいことは山ほどあるが、それだけに捉われてはいけない。

自分の意見を抑えてでも、まずは相手の感情を尊重する――。この場を切り抜けるには、それが最適解だろう。

クソ上司にいびられ続けてきた経験が、こんなところで活かされるとはな。

クックック……今生こそは俺自身の意見を押し通させてもらうぞ。

「ひとつだけ言わせてもらうと、私も今のヴェフェルド国王には辟易《へきえき》しています。自身の利益を追うために、他者を蹴落とすことも厭《いと》わない……。そうした日々が嫌になった私が、無能呼ばわりされるまでそう時間はかかりませんでした」

「………」

「ですから私が変えたいと思っているのですよ。汚い欲望にまみれてしまっている、今のヴェフェルド国王を」

パチパチパチ。

大真面目な話をしているにもかかわらず、剣帝ミルアが涙目で拍手をしている件について。

おい、恥ずかしいからやめろ。

ローフェミアも「さすがエスメラルダ様……！」と感動しているが、この二人はもう放っておこう。

「先にお伝えしておくと、エルフ誘拐を主導しているのはユリシア・リィ・ヴェフェルド第一王女です。私は関与しておりませんし、そもそも私とユリシアの仲は極めて険悪です」

「ええ、存じております」

俺の言葉に、クローフェ女王は首肯《しゅこう》して同意を示す。

「そうですね。私たちエルフを迫害しているのは、あくまで一部の人間だけ。エスメラルダ殿にまで冷たい態度を取るのは、普通なら筋違いかもしれません」

「そうですよ！　エスメラルダ様は心の底から信じられるお方なんです！」

ローフェミアが懸命に俺を擁護するが、

「しかしこれは〝ただの人間関係〟で終わる話ではありません。立派な外交問題なのです」

しかしクローフェ女王は冷然とした態度を崩さない。

「私は聞いております。件《くだん》のユリシア殿が、次期国王として最有力候補であるということを。そんな者を持《も》て囃《はや》しているのもまた、人間たちであると」

「…………」

「立ち去りなさい。今はまだ、私たちは馴れ合うべき時期ではないのです」

「ククック……」

ひとつ、いつでもラスボスのような風格を漂わせていて、多少のことでは動じない。

ひとつ、己の信ずることは曲げず、たとえ権威者であろうと意見に呑み込まれない。

たとえクローフェ女王から突き放されようとも、俺はただ、悪のおっぱい王国建設のために邁進《まいしん》するだけだ。

「かような状態には私も胸を痛めておりますが――だからこそ、食い止めなければならぬと思うのです。ユリシアが本当に次期国王になったら、エルフたちは今後どうなりますでしょうか」

「…………」

「私ひとりの手では、さすがにヴェフェルド王国をひっくり返すことはできますまい。しかしそこに、巨大国家のひとつたるエルフ王国が加われば……その状態を、変えられるかもしれないのですよ。そうではありませんか？」

「ふむ……」

ふっふっふ。

いい感じに気持ちが揺らいでいるようだな。

クソ上司どもに感謝するのは癪だが、社畜時代の苦労も無駄ではなかった。

俺が勤めていた会社はとにかく超絶ブラックで、訪問販売によってロットの駄菓子を売りつけるという内容だった。もちろん菓子店だけじゃなくて、一般家庭や幼稚園など、とにかく売上を出すために色んなところに出向かされたんだよな。

もちろん、そう簡単に売れるもんじゃない。

ネットで調べれば、他業者で買ったほうが安いと誰でもわかるからな。

じゃあどうするのかというと――相手の感情を揺さぶっていくわけだ。

「……だから、あなたがユリシア第一王女を止めるということですか。自国へ反旗を翻すために」

「ええ……。そういうことです」

「しかし失礼ながら、あなたがた人間は加害者の立場。そう簡単に信じることはできかねますが……」

「はい。ごもっともです」

よく考えればわかることだ。

いくら変装させているといっても、第一王女たるローフェミアを直々に派遣させるなんてちゃんちゃらおかしい話。それで仮に捕らわれることになってしまったら、それこそ取り返しのつかないことになるからな。

　つまりは自国の王女を派遣せざるをえないほど、エルフ王国が追い詰められていたのだと推察できる。

　しかしそのローフェミアは、王城に辿り着くことさえできず、道中で兵士たちに襲われてしまった。王族が危険地帯に飛び込むなんて絶対に機密事項なのに、内部情報が漏れていたとしか思えないよな。

　要するに、ここエルフ王国には……。

「――こそこそしてねえで出てこいよ、カス野郎」

　俺はある空間に向けて、炎属性の魔法ファイアボールを放つ。

　威力そのものは取るに足らない魔法だが、俺の予測が正しければ――。

「うおっ…………‼」

　果たして、その何もなかった空間から突如男が現れ、慌てた様子でファイアボールを避ける。

　むろん、エルフなどではない。

　正真正銘の軍服を身に着けた、どこからどう見ても第三師団の人間だ。

　――やはり、ビンゴだったようだな。

　ユリシア率いる第三師団の連中は、エルフを攫うためにここに潜入していた。

王権争いと同じで、陰でコソコソとしょうもねえ連中だな。

「え……!?」

「いつの間に……!?」

クローフェ女王はもちろん、場を見守っていたエルフたちも驚きの声を発する。

「これがユリシア王女のやり方ですよ。自分の立場だけは絶対に汚すことなく、それでいて確実に利益を貪れるように、こそこそと裏で画策をしている……。ふん、まったく反吐《へど》が出ますね」

「…………」

「クローフェ女王。私を信じるのが難しければ、それはそれで構いません。ですが個人的にユリシア王女は嫌いなんでね……ここは私たちに出しゃばらせてください」

「エ、エスメラルダ様……」

——決まった。

俺の株を上げるためにわざと第三師団を利用させてもらったんだが、クローフェ女王もすっかり感動してしまっているな。

「くっ……。エスメラルダ王子殿下、いったいなにを……！　我らはユリシア王女に頼まれた身ですよ！」

兵士が驚いた様子で剣を構える。

「だからなんだよ。てめえらは王子たる俺に剣を向けんのか？」

「ぐ……‼」

「まあ、今更命乞いしようたってそうは許さねえ。覚悟するんだな」

「こ、小癪《こしゃく》な！　誰が命乞いなどするものか……！」

なるほど、逃げるのではなく立ち向かうつもりか。

ここには剣帝ミルアもいるし、普通に戦っても勝ち目はないはずなんだが――察するに、他にも大勢隠れているということだろう。

「ミルア、そしてローフェミア。おまえたちも俺を援護しろ」

「もちろんです！　剣帝ミルアの名にかけて、なにがなんでもこの場を切り抜けてみせます！」

「私も、どうかサポートはお任せください‼」

俺に呼びかけられ、ミルアは剣を、ローフェミアは杖を懐から取り出す。

それぞれやる気充分なようだな。

「エスメラルダ殿下……私はやはり、あなたを誇りに思いますよ」

しかもミルアに至っては、剣を構えながらも、俺に恍惚《こうこつ》とした表情を向けていた。

「私はあなたに一生ついていきます。王子という立場に甘んじることなく、悪を正し正義を顕《あらわ》す……。あなたこそが、エスメラルダ王子殿下こそが、この世界に必要なお方に違いありません」

「…………」

ミルアはまた何か勘違いしているようだが、こいつはもう放っておこう。

正義のために戦うつもりは毛頭ないし、あくまで俺は、悪のおっぱい王国を築きたいだけだけどな。

使える手駒は最大限に使ったほうが、悪役っぽくてかっこいいというものだろう。

——かくして、俺たちと第三師団たちとの戦闘が始まるのだった。

3

「かかれ！　作戦パターンDを実行する‼」

先ほどの兵士がそう号令をかけると、他場所で隠れていたらしい兵士たちも一斉に姿を現した。

その数、五名。

これほどの人数が潜伏していたことにも驚きだが、まさか正面から姿を見せてくるとはな。

いったいなにを企んでいるのかと思ったものの――なるほど、奴らの視線はクローフェ女王とローフェミアに据えられているな。

となれば、おそらくパターンDというのは王族たちを捕える強硬手段。

多少ここで犠牲を出してでも、二人を捕らえるほうがメリットを見込めると踏んだのか。

ここで見つからなかった場合は、また違った形でエルフたちを攫っていたのだろう。

その理由についてもひとつだけ心当たりがあるが、今はそれについて思案している場合ではない。

「ミルア！　そこにいる兵士たちは頼めるか！」

「ええ、もちろんです‼」

俺がそう指示を出すと、ミルアは神速のごときスピードで敵陣に突っ込んでいった。

「うおっ‼」

「おのれ剣帝ミルア・レーニス！　王族へ剣術を教えている貴様が、ユリシア様に牙を剝《む》くなど……恥を知れ！」

「恥を知るのは貴様たちのほうだ。その程度の練度で私の前に立とうなど――笑止千万‼」

轟《ごう》‼

ミルアが剣を振るっただけで強烈な衝撃波が発生し、遠くにいた兵士までもが、情けない悲鳴をあげながら後方に吹き飛んでいった。

……うん、さすがは当代最強の剣士と言われる女だな。

あっちのほうは心配する必要もないだろう。

ローフェミアにもミルアのステータス補助に専念してもらうので、俺は俺で、目の前の敵に専念したほうがよさそうだな。

「さて」

俺はそう言うと、最初にファイアボールを躱《かわ》した兵士の目を見て言った。

「おまえの相手は俺だ。――第三偵察隊隊長、グルボア・ヴァルリオさんよ」

「なに……⁉」

俺に名を言い当てられた兵士――グルボアがぎょっと目を丸くする。

まあ、驚くだろうな。

たしかに俺は兵士たちの名前を知れる立場にはあるが、大勢いる兵士の一人一人を覚えるのは困難だ。特にグルボアは立場的にもそこまで偉いわけじゃないからな。

それでも、俺がこいつの名前を知っている理由はただひとつ。

「よーく覚えてるさ。おまえは作中でも理不尽な強さに設定された中ボスだったからな」

「は……？」

そう。

俺も前世では沢山のゲームをやり込んだが、その中には、明らかに調整をミスったとしか思えない敵が登場するものがある。

その時に手に入るアイテムでは回復が追いつかなかったり、並のプレイヤースキルではまず勝てない相手だったり……。

負けイベントかと思ってわざとゲームオーバーになったら、普通にスタート画面に戻されて絶望するあれである。

今回のグルボアがまさにそれ。

本来なら中盤に主人公が戦うことになる相手だが、全体的なステータスが高いだけでなく、しかも技範囲も異様に広い。俺も初見プレイ時はおおいに苦しめられたので、こいつの名はよく覚えているのである。

「はん……エスメラルダ王子よ。女王の前で手柄を上げるつもりかもしれねえが……俺をザコだと思ってたら痛い目みるぜ？」

「ザコだとは思ってないさ。負けられない理由がここにある、ただそれだけだ」

「わけのわかんねぇことを！」

そう言って地を蹴り、こちらに突進してくるグルボア。

――やっぱりクソ速ぇな。

ゲーム中でもエルフ絡みのイベントで戦うことになってたし、この異常な強さ、調整ミスじゃなくて裏設定でもあるのか……？

ともあれ、俺はゲームを百周どころか何百周も極めた男。

グルボアの動きがいかに速くとも、その動きは脳に焼き付いている。

――カキン。

「なっ……‼」

事もなげに剣を防がれ、グルボアが大きく目を見開く。

「くそ、まぐれで防いだからっていい気になるな‼」

その後も間断なく剣撃を差し込んでくるが、もちろん当たらない。

もちろんエスメラルダの初期ステータスがいかに強くたって、本来ならグルボアには手も足も出ないけどな。

それでも負けられない戦いがそこにある、それが廃ゲーマーとしての矜持だった。

――けど、さすがにグルボアは強いな。

剣を避け続けるうちに、身体に疲労が溜まっていくのがわかる。

今後も厳しい戦いが続いていく可能性を考えると、さすがに特訓しないと駄目だな。そうしないと配下もついてこないし。

「馬鹿な！　なぜ俺の剣がすべて見切られている！」

「そりゃあな。この身体が天才だからできることだよ」

「なんだって……⁉」

「まだわからないのか？　おまえが無能だと馬鹿にしたこの俺が、おまえよりもはるかに強いってことさ」

カキン！

俺はギリギリと押し合っていた剣を無理やり後方に押し出し、グルボアをのけ反らせる。

そしてその隙を縫って、剣帝をも倒したゼルネアス流の大技――《絢爛桜花撃》を見舞った。

「ば、馬鹿な……！」

見事大技が直撃したグルボアは、吐血とともに両膝をつく。

「王女殿下、この方は決して無能王子などではありません……‼　どうか、どうか……」

そう言ったのを最後に、害悪中ボスは意識を失うのだった。

4

「ふう……」

俺が剣を鞘に納めた時には、グルボアはすでに動かなくなっていた。

もちろん殺したわけではないが、最後に容赦ない一撃を浴びせてやったからな。すぐには目を覚まさないだろうし、仮に意識が戻ったとしても簡単には動けないだろう。

そしてそれは向こうでも同じだったようだ。

「——消えろ」

ズドォォォォォォォォオオオン‼

という大轟音を響かせながら、ミルアがとんでもない衝撃波を発生させる。

たぶん剣を振った後の衝撃だと思うんだが、それだけで壁面にヒビ入れるとか、どれだけとんでもねえ威力してるんだよ。

ローフェミアの魔法でステータスが上昇しているのを加味しても、まさに化け物のごとき腕力である。

やはり、ステータス自体は俺よりミルアのほうが上だな。

ここ近辺には経験値稼ぎになるモンスターが沢山いるわけだし、当初の想定通り、エルフ王国での特訓はマストになるだろう。

「よくやった、ミルア」

「はい！　エスメラルダ様のために思って全力を出しました！」

うん、いったいどうしたんだろうな。

ミルアの奴、なんだかさっきよりも溌剌《はつらつ》としているというか……。俺を見つめる時の目が、心なしかうっとりしているというか……。

とにもかくにも、前にも増して俺を溺愛していそうなのは気のせいだろうか。

「わ、私も頑張りましたからね！」

そう言って大きな乳を揺らすのは、第一王女ローフェミア。

彼女はまだ実力的には少々頼りないが、成長しさえすれば、ゲーム中でもチートレベルの魔術師になる。

俺ことエスメラルダの能力も抜群に高いし、やっぱりこれ、後々とんでもないパーティーになりそうだよな。

……というか、もうなってるかもしれないけど。

「な、なんと……」

そしてこの展開に最も驚いていたのは、もちろん女王クローフェ。

まあ、そりゃそうだよな。

エルフ王国において最も厳重な場所に、あろうことかユリシアの手先が潜《ひそ》んでいたのだ。信じられないのも無理からぬことだろう。

俺とても、この一件は色々と腑《ふ》に落ちない。

第一に、この作戦は色々とガバガバすぎるんだよな。

いくら姿を消していたとはいえ、兵士たちは最初から軍服を着ていた。それでは自分たちの正体を敵に晒しているようなものだし、グルボアに至ってはこれが《ユリシアの仕業》だと公言してしまっていた。

緩い作戦と言えばそれまでだが、あのユリシアがそんな間抜けなことをするだろうか……？

このへんは完全にゲームシナリオの本筋からずれまくっているため、どういうことなのかまだわからないな。

だから女王もまた、このあたりのことを悩んでいるのだと思っていたが――。

「すごいです！　あの手練《てだ》れたちを、こうも一瞬で倒してしまうなんて！」

「…………へ？」

「娘があなたに心酔する理由がわかりました！　エスメラルダ様はエルフ王国に絶対絶対絶対絶対絶対絶対絶対に必要なお方です！　さっきのご無礼をお許しください‼」

そう言って土下座をしてくるクローフェ女王。

……おいおい、おかしいだろこれ。

女王が俺に様付けするのもおかしいし、土下座をするのもおかしい。

突っ込みが追いつかないというのはこういうのを言う。

これでは深刻に考えていた俺が馬鹿みたいだが、しかし俺はここで思い出した。

――そもそも、エルフ王国には自分自身を強化するために来た。

――もしユリシアが今後厄介なことを仕掛けてくるのだとしたら、どちらにせよ強くなっていたほうがいい。

以上の点を鑑みれば、クローフェ女王は俺に心酔させたままのほうが良いだろう。

ゲーム中の設定でも、エルフ王国には女王の許可がないと入れない場所が沢山ある。

そして当然、そうした場所に限って強力なアイテムが隠れていたりするんだよな。

「クックック……」

だから俺はなんか意味深な笑みを浮かべ、土下座したままの女王を見下ろす。

「わかっていただけたなら嬉しいです。ヴェフェルド国王に一矢報いるためにも、エルフ王国は俺が守ってみせますよ。……この国、自由に探索してもいいですね？」

「はい、それはもう当然当然当然当然絶対に当たり前のことですからはいはいはい！」

そう言って俺の靴をぺろぺろしてくる女王。

……おい、いったいなんのプレイだよこれは。

「お、お母さん……」

脇ではローフェミア第一王女が恥ずかしそうに頬を赤らめていたが、正直、どっちもどっちだと思った。

5

一方その頃。

ヴェフェルド王国の第一王女——ユリシア・リィ・ヴェフェルドは、寝室のベッドのなかでうなされていた。

——クックック……俺は知っているぞ。姉上が胸のなかに抱いている、誰にも言っていない秘密を。胸だけにな。クックック……——

——私は知っているぞ。姉上はうまいこと外面を保っているが、しかしその胸は欺瞞で取り繕われていることを！——

——だが、まだ決定的なことは言わないでおいてやる。この秘密が公になったとき……姉上は姉上のままでいられなくなる。それだけ秘匿性の高い情報だからな——

あの時兵士が言わされていた言葉を、いまだに忘れることができない。

エスメラルダはいったい、今後なにをするつもりなのか。

そしてそもそも、彼は何をどこまで知っているのか。

ユリシアが主導となってエルフを攫っていること、裏で第三師団と手を組んでいること、そしてこれが玉座に座るための〝とっておきの切り札〟になっていること。

それらすべてを知っているのだとしたら、さすがにまずいことになる。

エルフは人間と比べて魔力が格段に高いため、その血を原料にして秘薬を服用すれば、エルフと同格の魔力を手に入れることができる……。

ユリシアがそんな情報を仕入れたのは、古くから王城に眠る書物からだ。

最初は半信半疑だったが、試しにエルフを攫わせて秘薬を飲んでみたところ、たしかに自分の魔力が劇的に高まった。

ユリシアは元来まったく魔法を扱えないにもかかわらず、中級魔術師とひけを取らないほどの力を手に入れたのだ。

これを大勢の兵士に飲ませれば——国力をより増強することができる。

以前から侵略を目論んでいた他国も容易に制圧できるだろうし、自分に対する評価もうなぎ上《のぼ》りになるだろう。

これまで極秘裏に集めてきた情報から、その国の《正確な戦力》はだいたい推察できている。

あとは適当な理由をでっちあげて侵略を開始し、その領土をヴェフェルド王国のものとすることができれば、ユリシアの支持は激増。王権争いにも勝利し、多くの人民を束ねる王として世界を支配できるだろう。

だが――もちろん、この作戦は公にはできない。

エルフを犠牲にして国力を増強するなど、国際世論の顰蹙《ひんしゅく》を買うのは必然。侵略を目論んでいた隣国にも多くの味方がついて、領土の奪取も不可能になる。

そして当然……ユリシアの地位も陥落《かんらく》するだろう。

国王はなんとなくユリシアの策に気づいているのか、エルフ王国からの抗議を今のところはスルーしてくれているが……しかしそれさえも不可能なほどに世論の声が高まってしまえば、さすがに味方をしてくれなくなるだろう。

国王もなかなかに冷酷な男だ。

ユリシアの策が、ヴェフェルド王国の利になると考えているうちは協力してくれる。

しかしそうでないと判断したならば、なんの躊躇《ちゅうちょ》もなく切り捨ててくる。

だからユリシアとしても、この作戦を秘密裏に進めないといけないのに――。

コンコン、と。

扉が叩かれる音がして、ユリシアは顔をあげた。

「執事のハマスです。お開けしてもよろしいでしょうか」

「……いいわよ」

「ありがとうございます」

そんな声とともに姿を現したのは、老年の執事ハマス。

ユリシアにとって、気を許すことのできる数少ない相手だった。

「……で、どう？　調査の結果は」

「おりませんね。剣帝ミルア殿との稽古以来、エスメラルダ王子殿下は姿をくらましております」

「そう……」

困った。

つい最近まで、何もやる気のない無能男だったのに。

王権争いの脅威としてまったく感じないくらい、視界にも入っていない男だったのに。

急にこんなに厄介な相手になるなんて、想定外にもほどがある。

彼はなにを知っているのか。

彼はなにを企んでいるのか。

剣帝より強くなったのは本当なのか。

よもやエルフと手を組み始めているのか。

本心では虎視眈々《こしたんたん》と王権を狙っていたのか。

考えれば考えるほどドツボにはまってしまい、なにもわからなくなっていた。

もしかすると最近まで無能王子と呼ばれていたことさえ、計略のうちだったというのか。だとしたらさすがに勝ち目がなさすぎる……。

「それから王女殿下、大変申し上げにくいのですが……」

そんなふうに思い悩んでいると、再び執事のハマスが口を開いた。

「エルフ王国に潜ませていた五人の兵士たちとの連絡が、取れなくなっています」

「な、なんですって……⁉」

思わず目を見開くユリシア。

「グルボアは⁉　グルボアはどうしたの⁉　まさか……」

「ええ。同じく、音信不通の状態です」

「そんな……」

——第三偵察隊隊長、グルボア・ヴァルリオ。

彼には特例として、エルフの秘薬のさらに上位にあたる、身体能力をも高まる薬を与えていた。

これもまた古書に書かれていた製造方法で試したところ、うまく成功した形である。

はっきり言ってしまえば、師団長が束になっても勝てないほどの力を手にしていたのに——。

まさかそんな彼でさえ、やられてしまったというのか……‼

「ハマス。これもエスメラルダの仕業だと思う？」

「……そうですね。確証は持てませんが、その可能性は高いと見ています」

「く………‼」

まずい。これは非常にまずい。

このまま彼を放っておけば、玉座に座るどころか、自分自身の地位が失墜《しっつい》してしまう。

「ハマス……悪いけど、一人にさせて……」

「かしこまりました」

その後、ひとりでめちゃくちゃ泣いた。

6

この方は我がエルフ王国を救ってくださる真の救世主です。

ゆえに、エスメラルダ様やそのご一行様についても、立ち入り禁止区域に入ることを許可します。

そしてこれを見ているエルフは、エスメラルダ様の圧倒的風格に気づけず、この許可証の提示を求めたことを猛省なさい。

この方は絶対絶対絶対絶対絶対絶対絶対この世界に必要な方です。

まさか不躾《ぶしつけ》な態度を取っていませんよね？

エルフ王国　第五十七代国王
クローフェ・ルナ・アウストリア

翌日。

「こ、これは……！」

クローフェ女王の許可証を見た門番係の表情が、一瞬にして真っ青になっていった。

女王の案内で王城に宿泊した俺たちは、一晩休んだあと、さっそくエルフ王国の秘境地帯に足を運ぶことにした。

その名も……《エルフリア森林地帯》。

ここには希少なアイテムが沢山あるし、豊富な経験値を持つモンスターも大勢いる。

ユリシア王女が何を仕掛けてくるかわからない以上、自分自身の戦闘力は高いに越したことはないからな。なによりも、これから悪のおっぱい王国を築く俺自身が弱いままでは、国民たちに示しがつかない。

だからみずからを鍛え直す意味でも、この《エルフリア森林地帯》に足を運んだのだが……。

――すみませんけど、許可証の中身はここでは見ないでくださいね……。ちょっと恥ずかしいので――

許可証を渡された際、クローフェ女王にそう言われたのを覚えている。

あの時は許可証を恥ずかしがる意味がまったくわからなかったが、なるほど、こんなことが書いてあったのか。

……というか、こんなんおかしいだろ。

まったく公式文書とは思えない文章なんだが。

「し、失礼しました！　まさかクローフェ女王からこれほど慕われているお方だとは……！」

門番のエルフが慌てた様子で頭を下げる。

「お通りください。あなた様のようなお方を私ごときが引き留めてしまい、大変申し訳ございませんでした」

「い、いや……」

まあ、文章自体はおかしいが、署名箇所にはきちんと王家の印鑑が使われているからな。

この許可書が本物だということには疑いの余地がないので、門番もそうせざるをえないのだろう。

「クックック……まあ、わかればよろしい。気にするな」

しかし、いかに予想外の事態に見舞われたとしても、真の悪役たる者、こんなことで動じるべきではない。

「さあ、いくぞローフェミアにミルア。世界を掌握するのは俺たちだ」

「「はい、エスメラルダ様‼」」

二人の配下が、大きなおっぱいを揺らしながら俺の声に応じるのだった。

「フフフフ……」

結論、俺はめちゃめちゃ強くなった。

ゴールデンアイアントやシルバースライムなど、取得経験値の高いモンスターがリポップしやすい場所だけを重点的に巡回した。

逃げ出そうとする前に、奴らに唯一通用する炎魔法――〝デスファイアロック〟をもって討伐する。

この戦法を用いて、徹底的に経験値を溜め続けてきたわけだ。

よくあるRPGよろしく、ゴールデンアイアントもシルバースライムも、HPが低い代わりに〝防御力〟と〝素早さ〟がクソ高いからな。プレイヤー側が頑張って倒そうとしても、こちらが行動する前に逃げられてしまうのだ。

そこで活躍するのが、前述のデスファイアロック。

この魔法は攻撃範囲が狭い代わりに、当たりさえすれば相当な高火力を発揮するからな。

奴らの高い防御力を貫通し、充分なダメージを与えることができるのだ。

――そしてやはり、俺はゲーマー的資質が強いのかもしれない。

「さ、さすがにもう限界です、エスメラルダ王子殿下……」

「私もちょっと疲れました……」

ミルアやローフェミアがそう言って座り込んでいる間にも、

「はははははははははは！　その程度かモンスターども‼」

俺はレベルアップする快感を抑えることができず、ひたすらモンスターを狩り続けていた。

……そういや、小さい頃は余裕でゲームに一日費やせたからな。

社会に出た後はそんな気力さえ湧いてこなかったが、これが本来の俺の姿なのかもしれなかった。

睡眠時間など五時間程度で充分。

食事も手短に済ませればいい。

とにかく意識の保てる限りをゲームに費やし、小休止を取っている間もゲームのことばかりを考える。

……ゲーマーってそういうもんだもんな。

「す、すごい、エスメラルダ様、ストイックすぎます……」

「これではたしかに、私が抜かされるのも道理か……」

二人はなにか勘違いしていたようだが、そういうわけで、俺は一週間ずっと《エルフリア森林地帯》のなかにこもっているのだった。

エスメラルダ・ディア・ヴェフェルド　レベル50
物理攻撃力：5035
物理防御力：4803
魔法攻撃力：5498
魔法防御力：4769
俊敏性　　：5002

……うん、やっぱりこれはゲームの主人公よりも強いな。

レベル50といったら、主人公だとせいぜい物理攻撃力が四千になるかどうか。

エスメラルダは怠惰なだけで、その才能はもはや主人公など相手にならないレベルだった。

7

さて。

レベルが50に上がった後は、もう《エルフリア森林地帯》に用はない。

ゴールデンアイアントやシルバースライムを倒すのはたしかに経験値効率が良いが、それはあくまで低レベル帯での話。

ここまで強くなった後はもっと良い経験値スポットがあるので、レベルアップはここまでに留めておく。

では、他に何をやるのかというと……。

「エ、エスメラルダ様。本当にここに入るんですか？」

「ああ、当然だろう」

怯えた様子のローフェミアに対し、俺は大胆不敵に笑いかけた。

——アウストリア洞窟。

王城から少し離れたところにある怪しげな洞窟で、リポップするモンスターの強さは《エルフリア森林地帯》の比ではない。生半可な実力では絶対に勝つことができないため、普段は門番によって出入りを禁止されている場所だな。

レベルアップの効率自体は《エルフリア森林地帯》のほうが高いので、この洞窟はあえて後回しにしていたが……。

しかしアウストリア洞窟には、非常に有用な武器が沢山眠っている。

もちろんショップ等での購入も不可能なので、ここらで入手しておきたいところだった。

「クックック、なるほど。噂には聞き及んでいましたが、ここが例の洞窟ですか。腕がなりますね」

ミルアのほうはさすが剣帝というべきか、怖れている様子はどこにもない。

頼もしい限りだ。

……誰に似たのか、最近笑い方が変わってきているような気もするけど。

「で、でも私は怖いですわ。昔から、この洞窟には絶対に入るなって言われてますから……」

「気にすることはない。おまえは黙って俺についてくればいいさ」

ドヤ顔を決め込みながら、俺はローフェミアに優しく語りかける。

なにせ彼女は大事なハーレム《おっぱい》要員だしな。

彼女と出会ったおかげでクローフェ女王との繋がりも生まれ、着々と俺の帝国が作られつつあるのだ。

そんな彼女を見殺しにするなんて、それは悪役ではなくただの馬鹿だ。

「……ほんとにずるいです、エスメラルダ様は」

涙目で俺と腕を絡め、その上でおっぱいを押し付けてくるローフェミア。

クックック、俺に心酔してしまっているようだが、実に結構なことだ。

俺にとってメリットがあるからこそ、こうして付け入っているだけなのにな。

まさにうまい展開だけが続いている。

「さあ行きましょうお二人とも！　あまりくっついているのはよくないですよ！」

と言いつつ、反対側から腕を絡めてくるミルア。

……くっつくなと言ってるくせに自分は胸を押し付けてくるとは、いったいどういう思考回路なのだろうか。

そのへんはよくわからなかったが、ひとまず俺たちは、有用な武器を求めて洞窟の中に足を踏み入れるのだった。

8

私ことローフェミア・ミュ・アウストリアにとって、ここ最近は驚きの連続だった。

エルフ誘拐の真相を突き止めるために人間界に足を踏み入れて、そうしたら謎の男たちに襲われて。

自分もここまでかと思ったら、今度はかっこいい男の人に助けられて。

しかもその男の人――エスメラルダ様は、エルフ王国に潜んでいた刺客の正体をも見破った。

月並みな表現だが、「すごい人」「尊敬できる人」という言葉しか思い浮かばないほど、彼は私にとって大きな存在になっていた。

……しかも、この気持ちをなんていうのだろう。

エスメラルダ様のことを考えているだけで、胸がドキドキする。

エスメラルダ様に触れるだけで、なんだか身体がぞわぞわっとする。

だから何度も密着しちゃうんだけど、それでもエスメラルダ様は拒否しないでいてくれる。

それが嬉しかった。

ほんとはエスメラルダ様のほうからくっついてほしいと思うこともあったけれど、さすがにそれはミルアさんが怖かったのでやめておいた。

なにはともあれ、彼はかっこよくて、世界最強。

誰がなんと言おうと、それは揺るぎない事実だと思った。

「ギュアアアアアアアアアア！」

「うるせえ、くたばっとけ」

アウストリア洞窟。その最深部にて。

この洞窟には、世にも恐ろしい鬼のモンスターがいる……。かつて私は、お母様から何度もそう教わってきた。

この鬼のせいで、何人ものエルフが犠牲になっているのだと。

だから私たちがこの鬼に遭遇した瞬間、これはさすがにエスメラルダ様にこのことを伝えたほうがいいかと思った。

いくらエスメラルダ様が世界最強と言っても、こいつは油断ならない相手。

一度態勢を整えてから、万全の状態で戦いに臨んだほうがいいと。

「フハハハハハハ、当たらないねぇ！　その程度なのか貴様は！」

——でもやっぱり、彼は世界最強だった。

鬼の棍棒を涼しげな表情で躱し続けるだけじゃなく、その上で鬼を煽《あお》っている。

きっとモンスターのほうもこんな経験はないのか、すごく焦ったような表情を浮かべていた。

そして。

「――クックック、しょせんこの程度か。興ざめだな」

と言ったエスメラルダ様は、たった一発の殴打を、鬼の腹部に見舞う。

「グオッツ……？」

鬼はその一撃を受けると、一瞬だけ棒立ちになった後、その場に崩れ落ちる。

一撃。

たった一撃で、何百年もの間エルフたちに恐れられていた伝説を倒した。

本当にすごすぎて、私はまたエスメラルダ様に抱き着いてしまった。

9

「ふふふ……ただのザコ敵だったな」

ぴくりとも動かなくなった鬼を見下ろして、俺は不敵な笑みを浮かべる。

前世で周回プレイをしていた時も、《エルフリア森林地帯》での特訓後にこの洞窟に潜るのが鉄板だったからな。

この鬼も弱いくせに経験値は多めなので、なかなか美味しい敵だと言える。

ひとつ気がかりな点があるとすれば……。

「ローフェミアよ、どうしてそんなに目を輝かせている？」

そう。

ザコ鬼を倒してからというもの、ローフェミアはより尊敬と好意の入り混じった目で俺を見つめてくるようになったのだ。

それこそもう、このあと不貞行為を提案しても拒否されないくらいには。

「本当にすごいです、本当にすごいです……。私たちのために鬼退治をしてくれるなんて……」

「は？　このザコ敵がどうかしたか？」

「はうう、しかもザコ敵呼ばわりなんて……！」

なぜだか悶絶しているが、俺なにか変なこと言っただろうか。

このゲームは世界観がめちゃくちゃ凝っている上に広大なので、俺の知らないこともあるんだよな。とりあえず、この鬼は経験値のためのザコ敵としか考えていなかったが……。

まあいい。

この洞窟の本命はこんなクソザコではなく、鬼を倒した先にある宝箱だからな。

「さあいくぞ。超お宝が俺たちを待っている！」

「はいっ！」

その後もローフェミアは俺に密着してきたが（もちろん胸も当たってきたが）、しかしもちろん、ハーレムを築きたい俺としては拒否せずにしておいた。

めっちゃ歩きにくかったけどな！


さて。

アウストリア洞窟の最深部にある宝箱だが、これはゲーム中であれば、同行メンバーに応じた武器がそれぞれ配置してあるのが鉄板だった。

つまり俺とミルアの使用武器である剣、そしてローフェミアの使用武器である杖。

もしゲームと同じ展開になるならば、この三つが配置されているはずだが、果たして……？

「おや、宝箱が三つも……？」

結論、こっちの世界でもそれは同じだったようだな。

ミルアが目を細める先には、ゲームと同様、三つの宝箱が等間隔で配置されている。

「ふふ、開けにいってみるといい。おまえたち二人の武器が入っているはずだ」

「え、そうなんですか？」

目を丸くして訊《たず》ね返《かえ》してきたのはローフェミア。

第一王女たる彼女でさえ知らないってことは、たぶんこの国のエルフは全員知らないんだろうな。

「ああ。開ける宝箱はなんでも構わない。好きなものを選べ」

「わ、わかりました！　全知全能のエスメラルダ様がそうおっしゃるなら、きっとそうなんですね！」

全知全能……？

さすがにそれは言いすぎだとは思うが、突っ込む間もなく、ミルアとローフェミアが宝箱に駆け寄っていく。

その際に乳がばるんばるんと揺れていたのが実に壮観だった。

「馬鹿な、まさかこれは宝剣ユグドラジル……!?」

「すごい、私のほうは魔法杖《まほうじょう》レスタードですよ！」

先に宝箱を開けた二人が、それぞれ歓声をあげている。

どちらも店には売っていない代物で、かなりのぶっ壊れ性能を誇っていたはずだ。

片や宝剣ユグドラジルには、一定時間ごとに相手からＨＰを吸収するチート機能。

片や魔法杖レスタードには、魔法攻撃力が二千も上乗せされるチート機能があったと記憶している。

二千と言われてもピンとこないかもしれないが、ローフェミアが持っていた杖に関しては、魔法攻撃力が三百しか上乗せされないからな。

その六倍以上の上がり幅があるわけだから、否が応でもそのぶっ飛んだ性能がわかるだろう。

そして――。

「さあ……いでよ魔剣」

俺が開けた宝箱には、目当てのブツ――魔剣レヴァンデストが入っていた。

上乗せされる攻撃力はなんと脅威の一万。

作中でもトップクラスの攻撃力を誇る魔剣だった。

もちろんそれにはデメリットもあって、被ダメージが三倍になるという呪いに課せられることになるけどな。

ゆえに並のプレイヤースキルでは到底使いこなせないが、前世で何度もゲームをやり込んだ俺ならば別。

さっきの鬼のように、攻撃など当たらなければどうということはないからな。

レベリングをして高まりまくった物理攻撃力に、さらに魔剣レヴァンデストの強さが重なる……。

クックック、もはやそれは世界を手中に収めたも同然と言えよう。

「ククク……ハハハ……ハーッハッハッハ‼」

それがあまりにも愉快で、俺は思わずその場で高笑いをしてしまうのだった。

10

私こと剣帝ミルア・レーニスは、ただただ驚くことしかできなかった。

我が親愛なる主、エスメラルダ・ディア・ヴェフェルド王子殿下。

彼は――いや私ごときがエスメラルダ王子殿下を〝彼〟と呼ぶのさえおこがましいが――想像以上にストイックで、そして根性があった。

ごく一部の人しか立ち入れない《エルフリア森林地帯》にて、王子殿下はただひたすらに己を鍛え続けた。

食事もほとんど取らず、睡眠時間も五時間程度で、私やローフェミア王女が疲れてもなお修業を継続して。

そこで初めて、私は格の違いを思い知った。

ああ、私は世界最強の剣士などではない。

世界で最も強いのはエスメラルダ王子殿下であって、流派を二つ極めた程度の私では、王子殿下の足下にも及ばないと。

いや――私ごときが、エスメラルダ王子殿下と比べること自体が傲慢なのだと。

それだけに不思議だった。

なぜ、王子殿下はそこまで頑張るのか。

なぜ、王子殿下は急にこんな猛特訓を始めたのか。

我が親愛なる主のことだから、きっとなにかしらの理由があるのではと思ってはいたが、私には到底理解が及ばなかった。

だがやはり、エスメラルダ殿下には崇高《すうこう》な〝狙い〟があったのだ。

アウストリア洞窟の最深部にて待ち構えていた鬼は、なんと長年もの間エルフを苦しめてきた元凶らしい。呪いにかかって身体が石化してしまったエルフとか、高速で寿命を蝕《むしば》んでいく呪いとか……。

時おりあの洞窟から出てきては、長年にわたってエルフを苦しめてきたのだという。

もちろんエルフたちも無抵抗だったわけではない。

定期的に戦闘パーティーを組んでは、鬼の討伐に向かっていったらしいが――敵の強さも尋常ではなかったとのことだ。

当時はベテランとまで言われていたエルフの魔法さえ無傷で耐えただけでなく、たった一度の殴打でエルフたちを瞬殺。

そうして甚大な被害を及ぼしては洞窟に帰っていくため、アウストリア洞窟の周辺には、《エルフリア森林地帯》とは比較にならないほど大勢の門番がいた。

覚悟なき者、この洞窟に近寄ってはならぬ――。

そのような警告がエルフ王国中に広まっていくほどに、鬼は恐ろしき存在だったのだ。

――エスメラルダ王子殿下は、その鬼をなんと一撃で倒してみせた。

過酷な修業に耐え続けてきたのも、現在進行形で呪いに苦しんでいるエルフたちを救うためだったのだろう。

そう考えたら涙が止まらない。

自分はなんて浅はかだったのだろう。

あの時もっと、王子殿下の修業に付き添うべきだった。

ただ王子殿下の凄さに感服するんじゃなく、その狙いまで理解しておくべきだった。

いくら剣帝と呼ばれる私でも、エスメラルダ王子殿下と比べれば凡俗も凡俗、同じ空気を吸うことさえおこがましい存在である。

かつての師が言っていたように、まずは尊敬する者の動きを完璧に再現することが上達の近道。

だからこれからは、エスメラルダ王子殿下の一挙手一投足を観察していきたいと思う。

私にとって今尊敬すべき師は、エスメラルダ王子殿下をおいて他にいないのだから。

そして。

あの鬼を倒してから、一週間ほどが経った頃だろうか。

「あ、王子様だ～～‼」

「握手握手！」

「クックック……いいだろう」

エスメラルダ王子殿下の活躍は瞬《また》く間に王国内に知れ渡り、今では彼を嫌う者は誰一人としていない。

エルフ王国を苦しめてきた悪鬼を倒したことで、呪いにかかっていた者も一挙に回復していったし――。

エスメラルダ殿下が王国中のヒーローになることは、もはや自然の成り行きだろう。

初めてエルフたちに感謝の言葉を投げかけられた時、エスメラルダ王子殿下は何が起こっているのかわからない様子で目を白黒させていた。

こうした謙虚なところも含めて、まさに王にふさわしい人だと思う。

そう。

エスメラルダ王子殿下こそが、これからのヴェフェルド王国に最もふさわしい人物。

私利私欲にまみれたユリシア第一王女ごときが、絶対王になるべきではないのだ。

エスメラルダ王子殿下……私はあなたのことが大好きです。

本当はこの身体を捧げて女としての喜びを味わいたい欲求に駆られることもあるけれどエス

メラルダ王子殿下はまさに神に等しい存在だしそんな下心を抱く時点で人間失格ああエスメラルダ王子殿下よ哀れな私をお許しください私はえっちな女なのです。

「……おい、おい！　ミルア、聞こえてるか」

「はっ」

ひとりそんな考え事をしていたところに、エスメラルダ王子殿下に呼び止められた。

ちなみに現在は、エスメラルダ王子殿下を労《ねぎら》うパーティーの開催中。

悪鬼を倒してもらっておいて、何もしないのは申し訳ないとエルフたちが考えたのだろう。豪勢なパーティー会場を貸し切り状態にして、エスメラルダ殿下を全力でもてなしている最中だった。

「申し訳ございません、エスメラルダ王子殿下。私はえっちな女なのです」

「は……？」

しまった。

エスメラルダ王子殿下のことを思いすぎるがゆえに、あまりにも支離滅裂な言動を取ってしまった。

「……いいから、ちょっとこっちに来てくれないか。話がある」

「はいっ、かしこまりました！」

だがその羞恥心《しゅうちしん》も、親愛なるエスメラルダ王子殿下に呼ばれたことで、綺麗さっぱり吹き飛んでいくのだった。

11

クックック……エルフというのは実に扱いやすい種族だ。

あのザコ鬼を倒したことが、なぜかエルフに慕われることになったきっかけらしい。

俺にしてみれば、あの鬼はゲームにおいてゴミクズみたいな立ち位置でしかない。

どちらかと言えば本命は奥にある宝箱のほうで、《エルフリア森林地帯》でレベルアップしまくったプレイヤーにとっては取るに足らない相手だったのだ。

そんなザコ鬼を倒したくらいで俺に心酔するとは……。

クックック、チョロイン顔負けの民族だな。

もちろん、悪のおっぱい王国を築きたい俺にとっては、この状況は願ったり叶ったりだ。今のうちに信頼させておいて、あとで奴隷のようにこき使う。そしておっぱいの大きい女には常に俺の傍にいてもらう。

そのための足掛かりとして、せいぜいエルフたちには俺を崇《あが》めてもらわないとな。

実に順調だ。

そういうわけなので、俺の陰謀を邪魔する者は断じて許さない。

時おり第三師団の兵士と思われる人間が偵察しにきていたが、問答無用でぶっ飛ばしておいた。

まだ懲《こ》りずにエルフを誘拐しようとしているあたり、ユリシア王女は相当に焦っているらしいな。

巨乳エルフを誘拐しようとしている兵士、魔力の高いエルフを誘拐しようとしている兵士……。

そうした奴らの気配を感じ取り次第、俺は寸分の迷いなく追い払ってやった。

そしてまた、助けられたエルフたちが純粋なんだよな。

「エスメラルダ様は命の恩人です！」

「わ、私の家はあまりお金がなくて……。私の身体でよければ、その、自由にしていいですから」

こんなふうに言ってくるもんだから、もはや笑いが止まらない。

エルフたちは結局、俺の王国を築くための足掛かりに過ぎないのにな。

それなのにここまで感謝してくるとなれば、やはりチョロい民族である。

ちなみに身体を売ろうとしてきたエルフについては、もちろん丁重に断っておいた。

当然あのおっぱいを触りたいところではあったが、ここは恩義を売っておくことのほうが最優先だからな。

目先の欲望に捉われることなく、大局を見る。

これもまた、かっこいい悪役のためには必須な条件であろう。

この作戦が功を奏したのか、俺を祝福するためだけに、エルフたちがパーティーを開催してくれることになった。王国中から高級食材だけを取り揃え、実力の高いシェフだけが集まり、有名な音楽家が訪れて演奏を行う……。

どこからどう見ても金がかかっているパーティーで、やはり俺は笑いが止まらない。

この心酔っぷり……悪のおっぱい王国建設は着実に近づいていると見ていいだろう。

本当はもっと露出の高い巨乳エルフがいてほしいところだが——まあ、それは後々の課題だな。

そのパーティーにおいて、俺は不審な気配をいくつも感じ取った。

考えずともわかる。またしても第三師団の奴らだろう。

だから別途、俺はミルアを呼びつけることにした。

いきなり「私はえっちな女なのです」と言われたものだから当初は面食らったが、酒は入っていなかった。

ミルアの奴、最近様子がおかしいからな。

やや心配なところはあるが、剣帝としての力はかなり頼りになるので、やはり彼女とともにこの苦難を乗り越えることにしたのである。

「まずは鼻血を拭け、ミルア」

「も、もももも申し訳ございませんエスメラルダ王子殿下……」

パーティー会場、そのバルコニーにて。

またしても勢いよく鼻血を噴出したミルアに、俺はティッシュを差し出していた。

「先ほどはすみませんでした。気が動転しておりまして……」

「些末なことだ、気にするな」

考えるのも面倒なので、先ほどの意味不明な発言はとりあえずスルーすることにした。

現在は夜九時。

人間界と違って、エルフ王国は煌《きら》びやかな建物はほとんどない。

それはつまり、第三師団の連中がかなり動きやすいということを意味するからな。あまり余計なことを話している時間はないのである。

「剣帝のおまえだからこそ問おう。……感じないか、不穏な気配を」

「………」

やはり、さすがは最強剣士といったところか。

俺の問いかけに対し、ミルアはすっと真顔に戻った。

「ええ……さすがは王子殿下です。第三師団の兵士たちのようですね」

おお、なんか安心したぞ。

訳のわからないことを呟きつつも、その気配にはきちんと気づいていたか。

「もう間もなく仕掛けてきそうな動きだ。今までと比べても気配の数が多いし……大胆に攻撃してくるなら、今だろう」

「ええ。念のため、エルフたちの退避経路も確保しておいたほうがよさそうですね」

ミルアの言葉に、俺はこくりと頷く。

せっかく悪のおっぱい王国を築いている最中だというのに、その国民たるエルフたちがいなくなったらたまったもんじゃないからな。

「あのクソったれな第三師団を殲滅《せんめつ》する。あてにしているぞ、剣帝ミルア・レーニス」

「もちろんです！　ヴェフェルド王国にはびこる悪を正すための剣として、精一杯頑張らせていただきます！」

うお。

なんだか知らんが、めちゃくちゃやる気なのは助かるな。

ミルアがいてくれれば、それだけで作戦の成功率は高まるだろうし。

「クックック……。王子殿下のために、私、頑張ります。クックック……」

なんだか笑い方とセリフが噛み合っていない気がするが、まあそれは放っておく。

「あとでローフェミアにも伝えておいてくれ。おそらく第三師団の連中は、このパーティーをきっかけにして何かを企んでいる」

「かしこまりました！　クックック……」

おい、だからその笑い方は変だからやめろ。

12

——結論から言うと、ユリシア王女は正真正銘のクズだった。

「エスメラルダ殿下！　大変お待たせしました！」

「は……？」

パーティー会場にて、なぜかバージニア帝国——ユリシアが侵略を目論んでいる隣国——の軍服をまとった男たちが、親しげに話しかけてきたのである。

もちろん、こんな奴らに声をかけられる謂《いわ》れはない。

だからいったい何事かと思ったのだが、すぐに合点がいった。

バージニア帝国の軍服を着ているだけで、こいつらの正体はヴェフェルド王国軍の第三師団。

前世で何百周とゲームをやり込んだ俺にとっては、モブの顔さえ脳内に叩き込まれているのである。

「エスメラルダ殿下、ようやく計略が完了致しましたぞ！　この場にブラッドデスドラゴンを召喚させて、問答無用でエルフたちを攫っていく画策を！」

周囲の誰しもに聞こえるように、大きな声でそう述べる兵士。

「……はん。やっぱりそういうことかよ」

気配を探ってみると、他にも第三師団の兵士たちが大勢待機している。

しかもこいつらはバージニア帝国の軍服を着ておらず、本来通りの軍服をまとっている始末だ。

「クックック……。やってくれるじゃないか、ユリシア第一王女」

こいつら、俺を悪役に仕立て上げ、自分たちの株を上げる気だ。

ブラッドデスドラゴンといえば、ゲーム中でも終盤に登場するほどの強ボス。

丹念に準備をしなければ、いくらレベルを上げようと単身ではまず勝つことのできない相手だ。

そのドラゴンを召喚した黒幕を俺ということにして、あとは第三師団の兵士たちが手を組み、ブラッドデスドラゴンを始末すればいい。

そうすればエルフ誘拐事件が〝エスメラルダの黒幕〟だったと大衆に信じさせることができるし、必然的に、第三師団と繋がっていたユリシアの株も上がる。

ユリシアの奴――なかなかのクズっぷりじゃないか。

王城に兵士たちを潜ませていたのも、バージニア帝国が不審な動きをしていたからとか、適当な理由をつければいいだけだしな。

後々バージニア帝国を侵略する理由付けにもなるし、ヴェフェルド王国にとっては一石二鳥。

かなり狡猾《こうかつ》な作戦であると言わざるをえないだろう。

「フフフ……俺に悪役勝負を仕掛けてくるか。面白い」

「へ……？」

予想外の切り返しだったのか、〝報告〟してきた兵士が目を丸くする。

「ならば証明してやろう。本当の悪とは、どういったものなのかをな‼」

「クックック、そうですね。見せてやりましょう王子殿下」

そう言うミルアは、この会話を聞いてもなお俺の傍から離れない。

「王子殿下を陥《おとしい》れようといったってそうはいきませんよ。私のエスメラルダ王子殿下がそんなことするわけないでしょう？」

ミルアは鞘から剣を抜くや、とんでもないオーラを放ちながら軍人に歩み寄っていく。

「エスメラルダ王子殿下を社会的に抹殺しようとした……。これだけで充分、万死に値します」

「ごほっ…………‼」

と言って、ミルアはバージニア帝国の軍服を着ていた兵士を問答無用でぶっ飛ばす。

――こりゃすごいな。

俺はまだ何も言っていないのに、ミルアは俺を信じて疑っていない。

しかもそれだけじゃなく、ユリシアの策略にも気づいているっぽいな。そうでなくては、いきなりあの兵士をぶっ飛ばすことはしないだろう。

……フフ、もちろん感動して目頭が熱くなってなんかいないぞ。

他のエルフたちもそうだ。

俺に懐疑的な目を向けている者は誰もおらず、誰もが冷ややかに兵士たちを見下ろしている。

みずからの危険を顧《かえり》みずに悪鬼を倒した者が、そんな計略を巡らせるはずがない――というのが、その見立てだった。

おかしいな。

俺はただ、こいつらを足掛かりにして自分の王国を築き上げたかっただけなんだが。

「――たとえ何があろうとも、私はあなたをお慕いしております。エスメラルダ王子殿下」

ミルアはそう言うと、ぐっと強く頷きかけ、とある一点に向けて駆けだしていく。

言わずもがな、第三師団の兵士たちが身を隠している場所だ。

あの気配に気づいていたとは、さすがは剣帝ミルアだな。

ちなみにローフェミアについては、会場にいるエルフたちを次々と避難させている。

さっきの兵士が言っていたことが正しければ、あともう少しでここにブラッドデスドラゴンが訪れる可能性が高いからな。

「…………」

やっぱりここにいるエルフは、誰も俺を疑っていなかった。

俺を糾弾《きゆうだん》する声はどこにもない。

誰も俺から遠ざかろうとする者はいない。

——本当にチョロい連中だ。

悪鬼を倒したくらいで、こんな俺なんかに心酔しちまうなんてな。

……仕方ない。

悪役らしくねえが、ここは一肌脱いでやるか。

「エスメラルダ様、あなたもお逃げください！　さすがにブラッドデスドラゴンは危険です！」

遠くにいるローフェミアがそう呼びかけてくるが、俺はもちろんここから動かない。

「……気にするな。ブラッドデスドラゴンくらい、俺ひとりで倒してやるよ」

「え……？」

クックック、笑えるよな。

魔剣レヴァンデストの効能で、今の俺は被ダメージが三倍になっている。

いくらレベルが上がったとて、五十程度では危険もいいところだろう。

それでも……引くつもりはない。

真の悪役たる者、常に泰然自若であれ。

そんなことを心中で唱えながら、俺はブラッドデスドラゴンの召喚に備えるのだった。

13

ほどなくして、見覚えのある巨体がパーティー会場に姿を現した。

ズドォォォォオオオオオオン！　と。

そこかしこに並べられているテーブルなどおかまいなしに、ブラッドデスドラゴンが地に降り立つ。ここの会場が吹き抜けだったのが不幸中の幸いで、天井が壊されるといった悲劇までは起こっていないが。

「ふん……原作通りの禍々《まがまが》しさだな」

おぞましいほど刺々《とげとげ》しい両翼。

人体など簡単に切り裂きそうな鋭利な爪。

漆黒に覆われた鱗《うろこ》。

そのどれもが恐怖を掻き立てる外見を誇っており、そのあまりの恐ろしさに、ＶＲゲームから離脱する者さえ現れたという。

もちろん、この外見は見掛け倒しではない。

ゲーム主人公で挑む場合には、少なくともレベル百は必要。さらにプレイヤースキルの高い友人と協力プレイをしないことには、決して勝てない相手だった。

そして――それだけではない。

「ゴォォォォォオオオオオ‼」

驚くべきことに、さらにもう一体のブラッドデスドラゴンが上空より降り立ったのだ。ユリシアのクソ野郎、なにがなんでも俺を殺しにかかっているっぽいな。

このどさくさに紛《まぎ》れて俺を殺せば、もはや死人に口なし。

俺にすべての責を押し付け、自分だけ美味しい思いをするつもりだろう。

「いけない！　逃げてください、エスメラルダ様！」

遠くを見れば、ローフェミアが必死の形相で俺に呼びかけている。

……馬鹿な奴だな。

とっとと逃げりゃいいものを、わざわざこの場に残るなんて。

そんなに俺が心配なのか。

ほんとにチョロい民族だ。

――そんなエルフたちだからこそ、放っておく気にはなれない。

「ドルァァァァァァァァァァァア‼」

まずは一体目のブラッドデスドラゴンが爪を振り下ろしてきた。

まあ、俗に言う通常攻撃ってやつだな。

そこまで大きな威力はないが、被弾すれば猛毒をもらってしまうため、決して油断することはできない。

だが俺にとって、これは親の顔より見てきた攻撃。

軽いサイドステップを用いて、最小限の動きでその爪を回避する。

その隙にもう一体のブラッドデスドラゴンが口を開けているが、こちらも何度も見てきた攻撃だ。

「そらよっと……！」

かけ声とともに天高く跳躍すると、元いた位置に漆黒の炎が通過していく。

ちなみに被ダメージが三倍になっている今あれを喰らったら、即死するのは間違いないだろう。それだけブラッドデスドラゴンは強い。

「おおおおおおおおっ！」

俺は鞘から剣を引き抜くと、真下にいるブラッドデスドラゴンの方向に剣を振り払う。

――――斬！

魔剣レヴァンデストから放たれた衝撃波が、二体のブラッドデスドラゴンに襲い掛かる。

「ギュアアアアアアアア！」

「ガァァァァァアアアア‼」

……よし、効いてそうだな。

もしこの肉体がゲームの主人公だったら、ブラッドデスドラゴンにはかすり傷ひとつつけられない。

だが――この身体は悪役王子エスメラルダ。

さらには魔剣レヴァンデストというロマン武器によって攻撃力にブーストをかけている以上、いかに強敵が相手といえど、ダメージが通るのは道理だった。

「「ガアアアアアア……‼」」

しかし、この一撃だけで倒れないのもブラッドデスドラゴン。

攻撃力も耐久力もすべて一流のモンスターなので、決着がつくにはまだ時間がかかりそうである。

――いつしか、俺は笑っていた。

たかだかレベル五十で、ブラッドデスドラゴンを二体同時に相手する。

そんなことは絶対に不可能だ。

しかしこのエスメラルダなら、きっと成し遂げることができる。やり込みゲーマーなら誰もが憧れるほどの偉業を、今なら成し遂げることができる。

廃ゲーマーとして、これほど心躍らない瞬間はないよなあ！

「グアアア………？」

いつしかブラッドデスドラゴンはパニックを起こすようになっていた。

どれほど攻撃を仕掛けても俺にまったく当たらないので、さすがに焦り始めたんだろう。

まあ、当然だ。

おまえらの攻撃は、全部俺の頭のなかに入っているんだからな……！

視界の端には、ローフェミアが呆気《あっけ》に取られた様子で戦闘に見入っている姿が映っていた。

14

私――ローフェミア・ミュ・アウストリアにとって、目前で繰り広げられている激闘は文字通り異次元だった。

伝説上の生き物、ブラッドデスドラゴン。

そして親愛なる王子殿下、エスメラルダ・ディア・ヴェフェルド様。

超速で動き回る両者を私は視認することができず、改めて自分の力不足を思い知らされた。

本当は加勢しにいきたいが、自分では足手まといになってしまう。

だからこうして遠間から、

「頑張って、エスメラルダ様！」

と応援することしかできなかった。

ここまで距離が離れてしまっていては、支援魔法などで援護することも難しいだろう。

理屈ではわかっているのだ。

ブラッドデスドラゴンはあまりにも強い。

ここに残るよりも、とっとと身を隠したほうが絶対に安全だと。

けれど。

──気にするな。ブラッドデスドラゴンくらい、俺ひとりで倒してやるよ。おまえらエルフのためにな──


あのエスメラルダ様は、私たちエルフのために命を賭けて戦ってくれている。

考えてみれば、彼がブラッドデスドラゴンと戦うメリットなんてないはずなのに。

むしろこのままでは、彼が危険に晒されてしまう可能性が高いはずなのに。

それでも慈悲深《じひぶか》きエスメラルダ様は、私たちのために決死の覚悟で戦ってくれている。なのにどうして、私だけ安全圏へ逃げられるだろう。

だから私も、腹を括《くく》ってエスメラルダ様を助太刀しにいこうとしたのだが──。

「えっ……？」

エスメラルダ様はなんと、伝説上の怪物とされるブラッドデスドラゴン二体を蹂躙《じゅうりん》していた。

それはまるで、ブラッドデスドラゴンが次にどんな動きをするのかが完璧にわかっているかのように。

それはまるで、ブラッドデスドラゴンがどんな攻撃を弱点としているのかがわかっているかのように。

エスメラルダ様は必要最小限の動きで敵の攻撃を避けて、的確な反撃をドラゴンに見舞っている。

本当にすごい。

私たちエルフが束になっても苦戦するブラッドデスドラゴン二体と、互角以上に渡り合うなんて。

スタミナが切れつつあるのか、ブラッドデスドラゴンの動きは徐々に鈍りつつある。

反してエスメラルダ様はまだまだ余裕そうなので、このままいけばエスメラルダ様の勝利か……？

「おらぁぁあああ！」

「ギュアアアアアア‼」

エスメラルダ様が見舞った渾身《こんしん》の一撃によって、まずは一体目のブラッドデスドラゴンが地面に伏せる。人の身でどうしてあそこまで攻撃力を発揮できるのか、文字通り人知を超えた剣撃だった。

残るはもう一体のみ。

私もこの調子ならきっと勝てると思った、次の瞬間だった。

「すごいお兄ちゃん、ほんとに倒しちゃったよ！」

なんとパーティー会場の扉から、エルフの子どもが飛び出してきたのである。

たしかいたずら好きの子で、名前をレルベンといったはずだ。

「あ…………！」

私は思わず素《す》っ頓狂《とんきょう》な声を発してしまった。

まずい。

レルベンが現れた位置は、ブラッドデスドラゴンのすぐ傍。

このままでは……！

「グオ………？」

そして知能の高いブラッドデスドラゴンが、この好機を逃すはずもなかった。

「え、あっ……！」

「グオオオオオオ……！」

その場で尻餅をつくレルベンに向けて、その大きな口を開き始めるブラッドデスドラゴン。

エスメラルダ様の心優しさを狙って、動揺を狙ったのだろう。

「………っ」

いったいなにを思ったのだろう、エスメラルダ様は一瞬だけ魔剣に視線を向けた。

だがこのままでは間に合わないと判断したか、なんとブラッドデスドラゴンへ突撃していくではないか。

今まで絶対に当たるまいと攻撃を避け続けてきた火炎放射へ、みずから突っ込んでいく。

「エ、エスメラルダ様――っ！」

気づいたとき、私は絶叫をあげていた。

世界最強のエスメラルダ様が死ぬとは思えない。

いつも私たちを導いてくださるエスメラルダ様が、誰かに負けるとは思えない。

けれど——それでも、嫌な予感を抱かずにいられなかった。

エスメラルダ様は、死ぬ気だ………‼


数秒後。


「へっ…………セコい真似してくれんじゃねえかよ、クソモンスターがよ……」

レルベンを強く抱きしめていたエスメラルダ様は、黒煙のなかでいつも通りの不敵な笑みを浮かべていた。

けれど、身体のほうはまったく無事じゃない。

その全身はブルブルと震えてしまっているし、身体の各所が傷だらけ。上述の不敵な笑みにも、どこかぎこちなさがあった。

「おい、無事かよガキ……」

「う、うん、うん……！」

胸のなかで泣きじゃくる子どもを見て、エスメラルダ様がふっと笑みを浮かべる。

「ならよかった。――せめておまえだけは、無事に生きて帰れ」

エスメラルダ様は震える手で、隙の生じたブラッドデスドラゴンに光魔法を打ちこむ。

それは上級魔法の《聖剣乱舞《せいけんらんぶ》》。

対象者に向けて、数え尽くせないほどの光の聖剣を突き刺していく高威力の魔法だ。

いくら強敵たるブラッドデスドラゴンであろうとも、ここまでの戦いで疲弊した今、さすがに致命傷は免れないだろう。

「ギュアアアアアアア……！」

という悲鳴をあげて、二体目のブラッドデスドラゴンも地面に伏せた。

でも――私はまったく勝利の喜びを味わえなかった。

「エスメラルダ様！　エスメラルダ様ぁ――――！」

そのままがっくりと意識をなくしたエスメラルダ様に、私は全力で駆け寄っていった。

第三章　怠惰な悪役王子、下僕のおっぱいを堪能する

1

意識を失っている間、やや霞《かすみ》がかっていた前世の記憶が少しずつ戻ってきた。

家が貧乏だったゆえに、高校卒業してすぐ地元のブラック企業に就職して。

それでもせめて弟には大学に通ってほしかったから、低賃金ながらもいっぱい貯金して。

やっと弟が大学を卒業できたと思ったら、クソ上司のご機嫌取りのために残業しまくって、
その疲労がたたって交通事故に遭って……。

——他人のために生きて、他人のために死ぬ。

そんな人生なんぞ、クソ喰らえだと思った。

俺は誰かのために生きているんじゃない。

俺の人生は、俺のものだ。

だから悪役に徹してでも、来世では自分の好きなことを追求していこうと思った。

……笑い話だな。

気を失っていた時に脳裏に蘇ったのは、あえて記憶の奥底に封じ込めていた、しょうもない前世のことだった。

「――ルダ様、エスメラルダ様……‼」


名前を呼ばれて目を覚ました。

俺は今、王城にてベッドに横たわっているようだ。

あたりを見渡せば、剣帝ミルアやローフェミア第一王女、ブラッドデスドラゴンから守ってみせた子ども、そして他にも大勢のエルフたちが俺の顔を覗き込んでいた。

それはまるで、ここにいる全員が、俺のことを心配しているかのような。

文字通り、俺がエルフたちの主役になっているかのような――。

そんなありえない錯覚を思い起こさせるに充分だった。


「エスメラルダ王子殿下ぁあああ！」

「エスメラルダ様あぁぁぁぁぁあ！」


俺が目覚めたことで限界に達したのか、ミルアとローフェミアが思い切り泣き始めた（さすがに自重しているのか、いつもと違って抱き着いてはこない）。

彼女たちだけではない。

他のエルフたちも同様、涙を浮かべては俺の名前を呟いていた。

エルフ王国なんて、俺の王国を築くための土台にするつもりだったのにな。
でもみんな、本気で俺の目覚めを嬉しがっているようでもあった。
「…………」
そうか。
狙っていた通り、ブラッドデスドラゴンの炎を喰らって、俺は生きていたんだな。
いくらエスメラルダの身体でも、レベル五十程度じゃ絶対に生き残れないのだが……。

エスメラルダ・ディア・ヴェフェルド　レベル100
物理攻撃力：10578
物理防御力：9780
魔法攻撃力：11032
魔法防御力：9971
俊敏性　：10451

ふとステータスを確認すると、ブラッドデスドラゴンを二体も倒したおかげか、全体的な数値がめちゃくちゃ高まっていた。

……やはり、そうだったな。

繰り返しになるが、ブラッドデスドラゴンはかなりの強敵だ。

ゆえに、一体目のブラッドデスドラゴンを倒した時点でレベルが急上昇を果たし——あの火炎放射にもギリギリ耐えられると信じて、身を挺《てい》したわけだ。

賭けに近い部分はあったが、エルフたちにより支持されるためにも、ああやって身を挺して子どもを守ることは必要だからな。

もちろん無傷ってことはなくて、身体のあちこちがめちゃくちゃ痛いが。

「エスメラルダ様……！」

と。

しんみりした空気のなか、クローフェ女王がいきなり部屋に飛び込んできた。

しかもどういうわけか、女王ともあろう者が全身汗だくである。

「なんだ？　そんなに慌てて……何があったんだ」

「よかった。エスメラルダ様、目覚められましたか……」

クローフェ女王はほっと胸を撫《な》でおろすや、右手に持っていたものを掲げてみせた。

「それは……」

「我がエルフ王国には、緊急時に備えて〝聖なる秘薬〟が保管されているのです。希少品かつ効果の高いものなので、王家の承認なしには扱えないものなのですが……」

「…………」

「ですがエスメラルダ様は、身を賭してでも我が民を守ってくださいました。……であればこそ、こちらをエスメラルダ様に使うべきだと判断したのです」

そう言ってクローフェ女王が掲げてきたのは、なんと《世界樹の雫》。

ゲーム中でも極レア中のレアアイテムで、パーティ内のＨＰやＭＰを全回復する上、瀕死《ひんし》を含めた状態異常さえも一瞬で治すレアアイテムだ。

ゲームでよくある、回復系チートアイテムってやつだな。

まさかそんな高価なものを、俺に使おうとするとは……。

「心優しいエスメラルダ様なら遠慮するかもしれませんが、でも、これは私たちからの気持ちです。どうか受け取ってください」

そう言ったのはローフェミア第一王女。

……むしろこれくらいしないと、エルフ王国の面子《めんつ》も潰れてしまうもんな。

俺はこくりと頷くと、クローフェ女王が右手をかざす。

そして次の瞬間、《世界樹の雫》から放たれる光が、俺の全身を丸ごと包み込んだ。

「ほう……？」

その温かな感触に、俺は思わず目を見開いた。

さすがはチート級アイテム。

さっきまで全身に焼けるような痛みが走っていたというのに、もうそれがまったく感じられない。身体中の傷がみるみるうちに癒《い》えていき、文字通り〝全快した〟と言える状態だった。

たしか前世のゲームでも、年に一度のイベントで採取できるかどうかといったくらいのレアアイテムなんだよな。

そんなものを惜しげもなく使ってくれるとは……。

クックック、やっぱりクローフェ女王も俺にかなり心酔してくれているようだ。

おかげで悪のおっぱい王国建設も着々と近づいてきていると言えるだろう。

「ど、どうですか……？　傷のほどは……」

不安そうに聞いてくるクローフェ女王に対し、俺はニヤリと不敵な笑みを浮かべて答える。

「……ああ、問題ない。全回復したぞ」

「や、やった……!!」

クローフェ女王だけじゃない。

俺の回答に、剣帝ミルア、ローフェミア、そして他のエルフまでもが大きく喜んでいる。

なかには互いに抱きしめ合ったり、ハイタッチしているエルフまで見られる始末だ。

「よかった、よかった……！」

「エスメラルダ様が無事なら、それだけでもう何もいらない……！」

「エスメラルダ様ぁ……！」

ククク、やはりエルフたちはとんでもなく俺に酔い始めているな。

ブラッドデスドラゴンの火炎放射を喰らって生き残れるのかは賭けに近い部分はあったが、まあ、結果的に功を奏したようで何よりだ。

真の悪役たる者、こういう時の決断はすぱっとできないと駄目だしな。

「……さて」

そうして皆がひとしきり喜び終わった後、クローフェ女王がエルフを見渡しながら言った。

「申し訳ないですが、ローフェミアとミルア殿以外の者は、いったん席を外していただけませんか？　エスメラルダ様に大事な話があるのです」

……おっと、どうしたんだ改まって。

もしかして俺の真の狙いがバレたのだろうか。

身体を張ってエルフの子どもを助けたのは、エルフたちの心を掌握するためだったということが。

エルフたちは女王の言葉にぺこりと頷くと、ぞろぞろと部屋を後にしていく。

もちろんミルアとローフェミアの二人を除いて――だ。

「……大変失礼しました、エスメラルダ様。本来はこのような状況で申し上げることではないのですが……身を挺してまでエルフを守ってくださったあなたを見て、私は思ったのです。やはりあなたこそが、絶対絶対絶対絶対絶対、世界にとって必要な方であると」

「…………」

訂正、俺の陰謀はまるでバレていなかった。

まったく……ヒヤヒヤさせてくれる女王様だな。

というか、ちょっと待てよ。

この話の流れ、もしかして……。

「――ですから、エスメラルダ様。あなたに、エルフ王国の統治をお願いしたいのです」

「…………は？」

「もちろん、細かな国政などは引き続き私が担います。ですが国家の根幹を揺るがすほどの大きな決断は、エスメラルダ様に判断を仰《あお》がせていただきたく……。文字通りの〝統治〟を、エスメラルダ様に行っていただきたいのです」

「…………」

おいおいおい。

こりゃびっくりだな。

俺から提案しなくとも、まさかエルフ王国がごっそり俺のものになるとは。

「……私は感じたのです。エスメラルダ様の素晴らしさは、その聡明《そうめい》さだけには留まらないと。時には命を賭してでも人民を守ることのできる、正義感溢れたお方であると。私がとうに忘れかけていたものを、強く持ち続けているお方であると」

「ええ、ええ。まさしくその通り……！」

共感する部分があったのか、ミルアがそれはもう深く頷いている。

「もちろん統治をお願いする以上は、エスメラルダ様は私以上の権限を有することになります。……いかがでしょうか」

「女王以上の、権限……」

思い出した。

エルフ王国に足を踏み入れた時、ここにはおっぱいの大きいエルフたちが沢山いたのを覚えている。

しかもみんな可愛いんだよな、これが。

「……本当に好きにしていいんだな？」

「はい！　エスメラルダ様ならばきっと、エルフ王国を良き方向に導いてくださると思いますので！」

クックック、この女王、何もわかっていないな。

俺は悪の帝王、エスメラルダ・ディア・ヴェフェルド様だ。

ここまでエルフたちに好かれているのも、俺の陰謀によるものでしかない。

にもかかわらず俺に一国を譲ってしまうとは……。

「もう一度聞くぞ。本当にいいんだな？」

「はい、もちろんです！　エスメラルダ様ならもう絶対絶対絶対絶対絶対絶対絶対に大丈夫ですから！」

「クク……いいだろう。そこまで言うのなら、引き受けようではないか」

「ありがとうございます‼」

そう言って、なんと俺に深く土下座をしてくるクローフェ女王。

本来ならこれもおかしい光景だが——俺はもう、この女王より上の立場に立つんだもんな。

……クックック、面白い。

前世ではゴミクズみたいな人生を送ってきた分、今生では好き勝手に生きさせてもらうぞ。

2

「ま、また兵士たちと連絡が取れなくなったですって……!?」

「ええ。ブラッドデスドラゴンも含め、また敵側に負けた可能性が高いでしょう」

「そ、そんな……!!」

ヴェフェルド王国。その王城にて。

ユリシア第一王女は、執事ハマスからの報告を聞いて仰天していた。

――ありえない。

こんなことがありえるはずがない。

だって私は、今回のためだけに複数の策を練ったのに……!

絶対に勝利を収められるよう、何重にも策を用意していたのに……!

「エ、エスメラルダはどうなったの？ 今頃エルフたちと仲たがいしているはずだけど……」

「いえ、エルフたちは驚くほどエスメラルダ王子殿下に心酔しております。それどころか女王クローフェさえもが、エスメラルダ王子殿下の靴を舐めていたとのこと」

「じ、じゃあブラッドデスドラゴンは？」

「なんとエスメラルダ王子殿下が一人で倒したようです」

「ど、どういうこと……？」

「す、すみませぬ。私もまだ、この状況を理解できておりません」

「…………」

あまりにも予想のつかなかった事態に、ユリシアも動揺を隠すことができなかった。

今回の作戦はこうだ。

まずエスメラルダの信用を地に墜とすため、バージニア帝国の軍服を部下に着用させた。その上で虚偽の報告をさせることで、エスメラルダとエルフの間に疑念を生みたかったのだ。

そして同時に、伝説の龍神ブラッドデスドラゴンの二体召喚。

いくら世界最強の剣士たるミルア・レーニスがその場にいたとしても、これほどの強敵を前に突破できるはずがない。

――そう思っていた時期が、ユリシアにもあった。

なにせ今回の作戦が成功すれば、エスメラルダにエルフ誘拐の罪をすべて押し付けた上で、ブラッドデスドラゴンの力で殺害することができる。

さらに〝エスメラルダはバージニア帝国と手を組んでいた〟という情報を流布《るふ》させることで、そのバージニア帝国にも侵略を開始することができる。

まさに一石二鳥のおいしい作戦だと思った。

にもかかわらず、エスメラルダはそれを易々《やすやす》と突破してみせた。

もはや絶対にありえないはずの所業を、奴はやってみせたのだ。

「ど、どういうことなの……!?」

だからユリシアは、驚きの感情を抑えることができない。

「なぜ一人でブラッドデスドラゴンに勝てるのよ！　Sランク冒険者でも不可能だわ、そんなこと！」

「……ある情報によると、それはエスメラルダ王子殿下が神の生まれ変わりだからだそうです」

「なんであいつ、そんなにエルフに尊敬されてるのよ!?　おかしくない!?」

「……ある情報によると、それはエスメラルダ王子殿下が全知全能だからだそうです」

「………………」

神の生まれ変わりだの、全知全能だの、まったく意味がわからない。

だが実際問題、その理解不能な出来事が突き付けられてるのも事実。

やはり最初やるせなさそうにしていたことも含めて、全部エスメラルダの作戦だったということか……？　王族たちの油断を誘いつつ、その隙を狙ってエルフたちを取り込んだ……？

やはり、そうとしか思えない。

私は弟を侮《あなど》りすぎていた。

ならばこそ、今度はすべてを賭けてあの憎き弟を始末するしかない……！

「ユリシア王女殿下。心労の只中で恐れ入りますが、一点ご報告がございます」

「な、なによ」

執事ハマスの声が一段と低くなったことに、ユリシアはどこか不安を覚えた。

「どうか冷静になってくださいませ。バージニア帝国の軍服を流用していたことが――オーレリア共和国に勘付かれたようです」

「オ、オーレリア共和国……！」

思わぬ国名に、ユリシアは思わず裏返った声を発してしまった。

オーレリア共和国といえば、ここヴェフェルド王国にも比肩《ひけん》するほどの大国だ。

いや……正確には比肩していたという表現のほうが正しいか。

主に魔法分野において、オーレリア共和国は目覚ましい発展を遂げてきた。

強力な攻撃魔法を編み出したのはもちろん、良質なポーションの大量生成、魔法にまつわる武器防具の大量生産、さらに最近では、人を運ぶ魔導車《まどうしゃ》なるものが開発されていると聞く。

その点においてヴェフェルド王国は完全な遅れを取っており、正直なところ、今ではオーレリア共和国のほうが発展しているという見方のほうが大勢だ。

そんなオーレリア共和国に対抗するために、魔法に秀でたエルフを攫っていたのに……。

その動きがオーレリア共和国にバレてしまったなら、非常にややこしいことになる。

仮にエルフ王国・バージニア帝国・オーレリア共和国が同時に侵略してきたら、いかに大国たるヴェフェルド王国でも絶対に勝てない。

まずい。まずいまずいまずいまずいまずいまずいまずいまずい……！

「ですからユリシア王女殿下。この件で、国王陛下が直々に話したいとおっしゃっておりまして……。いかがでしょうか」

「あ、あああああああ……！」

まずい。

まずいまずいまずい。

ユリシアのなかにあった絶対的な自信が、この時はっきりと打ち砕かれた。


ヴェフェルド王城。

その〝玉座の間〟に繋がる大扉を、ユリシア第一王女はごくりと息を呑んで見上げていた。

ここに来る時は毎回緊張する。

現国王にして父親でもある男――シュドリヒ・シア・ヴェフェルドは、文字通り抜け目のない人物だ。

第四王子として生まれ、もともとは王位継承の可能性は低かったと聞いている。

にもかかわらず、こうして国王の座についているということは、つまりは熾烈《しれつ》な玉座争いに勝利したということだ。

「……ふう」

ユリシアは大きく息を吐くと、まずは大扉をノックしようとして——。

「ノックなど不要。さっさと入りなさい」

扉の向こう側から急に父の声が聞こえ、ユリシアは思わず背筋を伸ばした。

この異常なまでの気配察知力……。

これもまた、父を超人たらしめている理由のひとつだった。

国王は若い頃に大変な修業を積んできたらしく、剣士としても超一流の実力者。

急に襲い掛かってきたテロリストの集団を単身で返り討ちにしたという逸話は、国内外でも非常に有名だ。

「では……失礼します」

そう言ってユリシアは扉に手をつける。

ゴゴゴゴゴゴゴ……！

重苦しい音とともに大扉が奥側へスライドし終わった時、視界いっぱいに見覚えのある〝玉座の間〟が広がった。

中央に敷き詰められた赤い絨毯《じゅうたん》。

その絨毯の両端で、等間隔で配置されている兵士たち。

そしてその赤い絨毯の先では——。

「……遅かったではないかユリシア。いったいなにをしていた」

国王たるシュドリヒが、玉座の肘当てに頬杖をつきながら、ユリシアに冷たい声を放ってきた。

「も、申し訳ございません父上。お呼び出しのことをハマスから聞いたのは、つい先ほどのことでして……」

「——ふふ、いけないねえユリシア。執事に責任を押し付けるものではないよ」

そう言ったのは、玉座の隣に立つ第一王子——ルーシアス・ド・ヴェフェルド。

一見すると《金髪碧眼《きんぱつへきがん》の爽やか好青年》だが、内面に秘めたる腹黒さをユリシアは知っている。

第一王子という立場も相俟《あいま》って、ユリシアが王権争いにおいて最も警戒している人物だった。

「フフ、なにを突っ立っているのかな。父上の御前だ。頭《こうべ》を垂れなさい」

「ぐ……!!」

ユリシアは歯噛みしながらも、ルーシアスに従ってひざまずく。

——この場にルーシアスがいるということは、きっとエルフ王国での一件は彼にも伝えられている。

それは言いかえれば、弱みを握られたくない人物に不祥事を知られたということであり……

非常に厄介な状態になっているのは否めなかった。

ユリシアが黙りこくっていると、

「こほん」

とシュドリヒ国王が咳払いをした。

「以降の話は機密事項だ。護衛の兵士たちともども退室せよ」

「イエス・ユア・マジェスティ！」

威勢の良い掛け声とともに、兵士たちがぞろぞろとロビーに消えていく。

「……さて、ユリシアよ。単刀直入に切り出すとしよう。現在、オーレリア共和国の大統領から、かような書面が届けられておる。大勢のエルフを攫うばかりか、バージニア帝国の名を騙《かた》り、各国を混乱に陥れようとしている――そのような人間が、我が国にいるとな」

「…………はい」

神妙に頷くユリシアに対し、国王はふうとため息をつく。

「このことを知っているか……などと野暮なことを聞くつもりはない。我がヴェフェルド王国に利することであれば、余もある程度は目を瞑《つむ》る予定だった」

「…………」

「しかしこうなってしまっては、国益を大きく損なうことになりかねない。そうは思わぬか？　ユリシアよ」

「…………はい。おっしゃる通りです」

床に視線を落としたまま、ユリシアは歯噛みしながらそう答える。

顔をあげずとも、ルーシアスがニヤニヤ笑っているだろうことは容易に推察できた。

「この状況に関して、当然ながらヴェフェルド王国は知らぬ存ぜぬを貫く。ゆえにユリシアよ、おまえ一人でこの状況を打開しろ。もし近日中に改善の様子が見られないようであれば――王位継承権どころか、その命さえないと思え。わかったか」

「…………！　そ、そんな……」

「さえずるな。余は《わかったか》としか聞いておらんが」

「う…………」

これは困ったことになった。

はっきり言って、ユリシアはこの状況を打開する方法をまったく思いつかなかった。

自分ひとりの知恵でどうにか解決できる範囲を大きく超えていた。

しかし父は、それでも私ひとりだけで解決してみせろと――できなければ処すると、そう言ったのだ。

「どうした。拒否するならばこのまま国賊《こくぞく》として処するが」

「……や、やります……！　挽回のチャンスをください！」

「うむ。絶対にしくじるでないぞ。絶対にな」

言葉の圧があまりにも強すぎて、ユリシアはこの時点で吐きそうだった。

「フフ、まあ当然だよね。このままじゃ、ヴェフェルド王国がどうなるかわからないわけだし」

そんなユリシアの様子が面白かったのだろう。

ルーシアスは引き続きヘラヘラ笑いながら、国王にこう言った。

「しかし陛下、驚きましたね。聞いたところによれば、あのエスメラルダがだいぶエルフたちに尊敬されているとか」

「……うむ。あやつもあやつなりに努力したのであろう」

「そうですね。これは油断していると私も危なそうだ。そこにいるユリシアと同じく、足を掬《すく》われぬように注意しますよ」

エスメラルダ、エスメラルダ、エスメラルダ……。

その名前を聞いただけで、ユリシアはもう、異常なまでの腹痛を覚えるほどになっていた。

3

その日の夜。

俺はクローフェ女王に勧められ、王城の客室にて眠りについていた。

女王よりさらに上の立場になるわけだから、本当はもっと上質な部屋で寝てほしいと言われたけどな。

たださすがに、急には《女王以上の部屋》を用意できるはずもなく――。

極上の「飯」と「風呂」と「サービス」を提供する代わりに、ひとまずは客室に泊まってほしいと靴を舐められた。

クックック……。

悪役王子たる者、もちろんこれを了承してはいけないんだけどな。

だがいきなり暴君っぷりを発揮してしまっては、人民もついてきてくれない。

最初は忠誠心を誓わせる意味でも、ここは人柄の良さをアピールするほうが先決だろう。

その意味で、俺は極上の「飯」と「風呂」と「サービス」とやらを断っておいた。

それを聞いたミルアやローフェミアはまた目を輝かせていたが、二人はまだ気づいていないようだな。悪役王子エスメラルダが胸に秘めている、本当に恐ろしい陰謀を。

だがまあ、今日は本当に疲れた。

ひとまずはふかふかのベッドに潜り込んで、一日の疲れを癒《いや》そうと思っていたのだが――。

モゾモゾ、モゾモゾ。

「ん……？」

ふいに毛布のなかに誰かがいる気がして、俺は目を覚ました。

「なんだ………？」

寝《ね》ぼけ眼《まなこ》のまま毛布をめくったら、そこにローフェミアがいた。

しかも寝巻を羽織っているためか、胸の露出がめちゃくちゃすごいことになっている。

やっぱりローフェミアのおっぱいは、すごくDE☆KA☆I！

……って、いかんいかん。

せっかく人柄の良い王子を演じようと思ったのに、これでは台無しではないか。

「なにをしているんだ、ローフェミア」

「ふふ、お母様が言ってたサービスですよ」

うおっ……！

肌の大部分を露出させたまま馬乗りになってきて、とんでもなく柔らかい感触が寝巻越しにでも伝わってくる。

「エスメラルダ様はいらないって言ってましたけど、やっぱり戦いの疲れを癒やすにはこれが一番かなって……♡」

「な、なんだって……？」

　うん、それはとてもよくわかる。

　やっぱりおっぱいは世界を救うって、俺も大真面目にそう思ってるからな。

　だから本音を言えば、今すぐにでも俺の聖剣《エクスカリバー》を立たせたかったが……。

　しかしそれでは、俺の悪役美学に反する。

　どんな窮地に陥っても目標を諦めることなく、泰然自若と振る舞う……。

　クッ、言葉にするのは簡単でも、実践するのがこんなに難しかったとは……！

「フフ……ローフェミアよ」

　だが俺はなんとか理性を振り絞り、ローフェミアの肩を優しく押しのける。

「おまえの気づかいは嬉しいが、おまえとのこれはこんなに簡単に済ませたくない。——そんな安易な関係じゃないだろ？　俺たちは」

「エ、エスメラルダ様……」

　俺が適当に言い放った言い訳に対し、ローフェミアがぽうっと顔を赤くする。

「俺たちが真に結ばれるべき時は、ユリシアを倒し、エルフ王国に本当の平和を取り戻してからだ。そうじゃないか？」

「は、はい……！　おっしゃる通りです……！」

「わかったら離れてくれ。俺たちのためにもな」

「はい！」

目をハートの形に変えつつ、ゆっくりと俺の傍から離れるローフェミア。

「私、覚えました！　ユリシアを倒せば、エスメラルダ様と大人の階段を上れるってことですね！　言いましたね！」

「は？　あ、ああ……」

なんだ？

なんで今更ここを強調するんだ。

「……少し残念ですけど、でもエスメラルダ様のおっしゃる通りです。私、頑張りますから……‼」

そう言ってぺこりと頭を下げると、ローフェミアは肌の露出部分を隠し、客室を出て行った。

……ああ、本当はあのおっぱいめちゃくちゃ触りたかったけどな。

真の悪役への道はこんなにも厳しいものかと、俺は改めて思い知るのだった。

4

翌朝。

クローフェ女王より高い地位を得た俺は、エルフ王国において〝元首〟の肩書を授かることになった。

主に国内政治を取りまとめるのがクローフェ女王。

主にヴェフェルド王国への対応策を取りまとめるのが俺。

こんな感じに区分けされた形だな。

俺と女王の意見が食い違った時には、「統治者」たる俺の意見が優先されるようだが——まあ、よっぽどのことがない限りエルフ王国の政治に口出しするつもりはない。

その分野においては、正直億劫《おっくう》でしかないからだ。

だから俺の統治下にあるとはいえ、面倒くさい国内政治はクローフェに頑張ってもらう。

一方で俺の得意分野といえば——そう。

前世のゲーム知識を活かした国力強化だ。

エルフたちは魔力の才能が非常に高いものの、その平和主義が影響してか、個々の戦闘力はそんなに高くない。ローフェミアだってレベルを上げればバチクソ強くなるのに、本人は気づいていないようだしな。

……ユリシアは卑劣な女だ。

前回みたいに仲間割れを狙ってくるかもしれないし、強敵を同時召喚してくるかもしれない。

いざという時のためにも国力強化はマストだろう。

せっかくエルフ王国が俺のものになったのに、人民たちが死んでしまっては統治もクソもないからな。悪のおっぱい王国を築く以前の問題だ。

「おおおおお！　すげえ、またレベルが上がったぁぁあああ！」

だからひとまず、俺はエルフ王国軍の強化から図ることにした。

その手順については、俺の〝レベル上げ方法〟とさして変わらない。

エルフリア森林地帯に潜り、ゴールデンアイアントやシルバースライムを見かけた傍から倒していく。

それを繰り返してもらうだけだ。

もちろん、ゴールデンアイアントやシルバースライムを倒すにもコツがいる。

こいつらは獲得経験値が高い代わりに逃げ足がクッソ速いので、エンカウントした瞬間にはもう逃げ出されることが多いんだよな。

その場合はもう諦めて、運よく居座ってくれたモンスターを倒す。

敏捷度《びんしょうど》に自信がついてきたら、逃げられる前に先回りしてぶっ倒す。

ゲームではよくある経験値稼ぎだが、まあ、現地人はそんなこと知らないだろうからな。

「すげぇえ！　ゴールデンアイアント、倒しただけでめっちゃ力がみなぎってくる！」

「全部エスメラルダ様が教えてくれた通りだ！」

「やはりあの方は神の生まれ変わりだったんだ！」

と感激してしまっているものだから、俺も笑いが止まらない。

ただ単に前世のゲーム知識を活用しているだけなのに、この持ち上げっぷりだもんな。本当にチョロい民族である。

クックック……。

これで無事に最強の軍団を結成した暁《あかつき》には、もはや向かうところ敵なし。ユリシアは言わずもがな、世界で類を見ないほどの無敵国家を作り上げることができるだろう。

今はこうして俺のことを崇め称えるがいい。

俺の真の狙いを知った時、おまえらはきっと泣き叫ぶことになるだろうけどな。

――さて。

話題は変わるが、現在のエルフたちの平均的なステータスはこうだ。

レベル30
物理攻撃力：560くらい
物理防御力：450くらい
魔法攻撃力：710くらい
魔法防御力：650くらい
俊敏性　：400くらい

エスメラルダと比べるとどうしても頼りなく見えるが、それは俺が強すぎるだけ。

ゲームの主人公とも遜色《そんしょく》ないステータスを誇っているので、これでもかなり強いほうだ。特に魔法攻撃力・魔法防御力については、主人公よりはるかに強いと言っていいだろう。

ヴェフェルド王国軍の雑兵はレベル二十前後なので、この時点でもだいぶ差が開いているしな。

もちろん幹部クラスになるともっと強い兵士がいるので、引き続きエルフたちには特訓を積んでもらう。

ヴェフェルド王国はかなり手強い国だから、ちょっとやそっと修業を重ねたくらいじゃ絶対勝つことができないからな。

だから俺も自分自身の特訓を欠かすことなく、地獄の特訓をエルフたちに課しているわけだが——。

「エスメラルダ様が頑張っているのに、我らだけ音を上げていられるものか！」

「すべてはエスメラルダ様のために！」

「エスメラルダ様に栄光あれ！」

とか言って、健気《けなげ》にも俺についてこようとしているのだ。

……クックック、完全に俺を盲信しているな。

悪くない展開だ。

そしてさらに、悪のおっぱい王国を作るためには武力だけじゃ足りない。

教養もしっかりと高めることで、我が国は真の強国たりえるだろう。

だから俺はクローフェ女王に命令を下し、急ぎ新しい〝学《まな》び舎《や》〟を作らせた。

こちらはエルフたちの教養を高めることで、ゆくゆくは強い武器防具を作成したり、有用なアイテムを作らせたりするための先行投資だ。

前世のゲームのおかげで、俺はこちら方面にも知識がある。

有用なアイテムを調合したり、強力な武具を作ってきたり……。

エルフたちに教えられることは無限にあるだろう。

……しかしもちろん、一番の目的はそこじゃない。

「「今日もよろしくお願いします、エスメラルダ先生！」」

学び舎。その教室内にて。

可愛いエルフたちが俺に深々と頭を下げているのを見て、俺は自分の王国が完成間近になっていることを感じるのだった。

5

「さて、それではラストエリクサーの作り方だが……」

エルフの可愛い生徒たちは、俺の授業を超真面目に聞き入っていた。

前世においては、学校生活なんてクソだるいだけだったんだがな。

みんな俺の授業を聞きたくて仕方なかったと、話をし始める前からうずうずしている様子だった。

クックック……。

これもまた、日々の暗躍の賜物《たまもの》であると言えるだろう。

「この世界では希少アイテムとされている〝ラストエリクサー〟だが、これ自体の生成はそう難しくない。調合スキルを5まで高めた上で、〝エリクサー〟と〝世界樹の薬草〟を組み合わせるだけだ」

そう言って、俺は《エルフリア森林地帯》から採取してきた二つのアイテムを懐から取り出す。

〝世界樹の薬草〟はなかなか見つからないレアアイテムだが、何百周もやり込んだ俺ならもちろん、アイテムのリポップ場所を知っている。

だから特に何を思うでもなく〝世界樹の薬草〟を生徒たちに見せたのだが——。

「す、すごい……！」

「あれ本物……!?」

「パパが一生でひとつ手に入ればいいくらいの、すごく珍しい薬草だって言ってたのに……！」

美しい煌《きら》めきを放つその薬草を見て、生徒たちが一斉にどよめきをあげる。

「エ、エスメラルダ様。そんなに珍しい薬草を、まさか調合に使っちゃうんですか……？」

「ん？　当たり前だろ。温存するようじゃ持ってきた意味がないじゃないか」

やはり子どもというだけあって、飛んでくる質問も可愛らしいものばかりだな。

真に強い国を作り上げるためには、質の高い教育が必要不可欠。

特にエルフ王国の周辺には優秀な素材が沢山あるので、この調合ができるようになるだけでも、飛躍的な国力増強に繋がるだろう。

そうして無敵の王国を築き上げたあとは、もちろん、俺だけが利する体制を敷いていく。

クックック……この子どもたちにも奴隷のように働いてもらう予定だからな。

そのための先行投資は惜しまない。

今回のために俺自身の調合スキルも5まで高めてきたが、それもすべて、子どもたちに正しい教育を広めていくため。決して中途半端な授業にはしないためだ。

「それじゃあ、見ていろよ。スキル発動――【調合】」

俺がそう唱えると、それぞれ片手に持っていた〝エリクサー〟と〝世界樹の薬草〟が淡い光を放ちだす。

ここで調合レベルが足りていないと失敗に終わるが、5まで達していれば、ほぼほぼそのような事態は起こりえない。

果たしてその数秒後には、二つのアイテムが空中に消え――。

俺の目の前には、瓶に詰められた〝ラストエリクサー〟が出現していた。

味方全員のHPを全回復した上で、瀕死以外の状態異常をも完全に治してしまうチートアイテムだ。

瀕死状態に干渉できない点では、《世界樹の雫》には劣るけどな。

それでも戦闘時では役立つこと間違いないので、これだけでも充分、世界の誰もが欲しがる希少アイテムと言えるだろう。

「す、すごい……！」

「ほんとにラストエリクサーだ……！」

「かっこいい……。エスメラルダ先生、本当になんでもできるんですね……」

一気に驚きの声をあげる子どもたち。

まあ、ラストエリクサーはかなりの高級品だからな。しかもショップで売られる機会そのものがほとんどないので、おいそれと購入できるものではない。

子どもたちが興奮するのも至極当然のことと言えた。

「ふふ、そう驚くことではない。おまえたちもその気になれば、このラス サーを大量に作れるようになるんだぞ？」

「え……？　私たちが……？」

「当然だ。おまえたちは才能がある。調合レベルなどすぐに上がるだろう」

「わあああ！　やったー！」

俺の言葉に対し、子どもたちは一様に目を輝かせ始めた。

クックック……俺の嘘にまんまとハマっているな。

種明かしをすると、スキルレベルは努力次第で誰でも上げられるものだ。

そこに才能の有無はないんだが、こうして生徒たちのやる気を引き出すのも、教師として大事な役目だからな。

将来この子どもたちを奴隷のように働かせるためにも、今のうちに個々の能力を高めておいたほうが色々と得だろう。

「私たち、頑張ります！」

「一生エスメラルダ先生についていきます！」

「先生大好きです！」

そう言って目をキラキラさせてくる生徒たちに、俺はやはり笑いが止まらない。

クックック……。

おまえらを徹底的に成長させて、立派な奴隷にしてやるからな。

6

――ブラッドデスドラゴンを倒してから三週間。

私ことローフェミア・ミュ・アウストリアは、エルフ王国の目覚ましい成長に驚きを隠せなかった。

エルフ兵のレベルはいつの間にか平均四十を上回った。

もともとの平均値はレベル十あたりだったので、単純計算で防衛力が四倍にな[illegible]ことと[illegible]れる。

ここエルフ王国の周辺はみな強いモンスターばかりだから、悪鬼によって精鋭エルフがほぼ動けなくなってからは、効率のよい特訓ができなくなっていた。

強いエルフに付き添ってもらいつつ、強い魔物を倒し、効率よく経験値を稼ぐ――。

このような「鉄板の特訓方法」が、全然できなくなってしまったのである。

でも。

親愛なるエスメラルダ様がエルフ王国に来てから、それは変わった。

エスメラルダ様はまず、悩みの種だった悪鬼をたった一撃で打ち倒した。

それによって呪いにかかっていた精鋭エルフが以前通りに動けるようになり、この時点で国力の大幅な回復に繋がった。

それだけじゃない。

エスメラルダ様は他にも効率の良いレベルアップ方法を知っているようで、この三週間で軍事力を四倍にしてみせた。

しかも非戦闘員に対しての教育も惜しまない。

まだ年《とし》端《は》もいかぬ子どもたちが、軽々とラストエリクサーを作り出していた時は本当に驚愕《きょうがく》したものだ。

こんな高価なもの、きっと大国たるヴェフェルド王国でさえそう簡単にはお目にかかれない。

そして——エスメラルダ様のすごさは、もはやこれだけに留まらないのだ。

なんとこの世界の成り立ちにも非常に詳しいらしく、どの国にどんな歴史があるのか、どうしてエルフは平和主義的な考えを持つようになったのか等々、私でさえ知らない知識を[illegible]めてくれた。

そう。

エスメラルダ様は全知全能の神様。

世界の裏側をも知り尽くしている、とてもかっこいいお方。

本当にエスメラルダ様がこの国に来てくれてよかったと、私は[illegible]そう思っている。

——だからこそ、もっと彼に興味を持たれたい。

エルフの王女というだけじゃなくて、女として私を見てほしい。

もとよりその気はあったが、日に日にこの気持ちが高まっていったのだ。

ミルアさんも時おりエスメラルダ様に艶《つや》っぽい視線を向けることがあるけれど、彼女の想いも痛いほどにわかる。

「…………」

だから私は、今夜もエスメラルダ様の客室前で立ち往生していた。

日中はエルフ王国の発展のために頑張ってくださっているのに、ご自身は贅沢《ぜいたく》な生活を送ろうともしない。本来はエスメラルダ様専用の部屋を作るべきところを、「必要ない」と遠慮なさったのだ。

そうした謙虚なところも含めて——私は、彼を愛するようになっていた。

その手で触られたかった。

破廉恥《はれんち》だと思われても構わなかった。

彼に抱きしめられて、淫《みだ》らな目で見られたかった。

私だけのエスメラルダ様になってほしかった。

でも。

——俺たちが真に結ばれるべき時は、ユリシアを倒し、エルフ王国に本当の平和を取り戻してからだ。そうじゃないか？――


エスメラルダ様のその言葉を思い出して、私は扉に触れようとしていた手をそっと下ろす。

そうだ。

彼におっぱいを触られるのは、もっとやるべきことをやってから。

今はこんなことに現を抜かしている場合ではない。

エルフ国民だって、自分を高めるために頑張り続けているのだから。

「ああ……わかってるのに、この切ない気持ちはなんなの……」

そう。

いくら愛されたいとはいえ、エスメラルダ様ご本人に迷惑をかけてしまっては本末転倒だ。

国力がここまで強化されているのであれば、ユリシアと相対する時は近いはず。今はそれに専念しなくてはならないだろう。

「愛しています、エスメラルダ様……」

そう言って、私は泣く泣く客室の前から離れるのだった。

7

翌朝。

「エスメラルダ様。ヴェフェルド王国から書面が届いております」

まだ半分寝ぼけていた俺の意識を覚ましたのは、メイド役エルフのそんな発言だった。

朝食をテーブルに並べ終わった直後、そのように言われたのである。

「わかった。後で読んでおくから、そこらへんに置いておけ」

「……かしこまりました。エスメラルダ様のおおせのままに」

エルフは深いお辞儀をすると、手紙をテーブルに置き、そのまま退室していった。

開けずともわかる。

送り主は、おそらくヴェフェルド王国第一王女、ユリシア・リィ・ヴェフェルド。

そろそろ何かしら手を出してくるだろうとは思っていたが、ついに向こうからアクションを仕掛けてきたか。

だが、俺は真の悪役を目指す者。

こんなことで動じるつもりはない。

俺はひとまず朝食を優先させてから、ゆっくりと手紙を開ける。

親愛なる弟、エスメラルダ・ディア・ヴェフェルドへ。


あなたが王国を旅立ってから、早くも一か月近くが経過しようとしています。

無事に過ごしているとは聞いておりますが、いかがお過ごしでしょうか。

お父様を含め、皆あなたのことを心配しております。

どうか暇な時にでも、私たち家族に顔を見せてください。


……さて、あなたも聞いているかもしれませんが、近日、ヴェフェルド王国にて定期会談が行われます。

ヴェフェルド王国、バージニア帝国、オーレリア共和国。

近隣諸国のトップがお集まりになり、国際社会における重要な問題を話し合うための会談です。

例年は私とお父様が出向いておりますが、今年はエスメラルダも連れていきたいと、お父様がおっしゃっておりました。

もし国際社会での立場を盤石《ばんじゃく》にしたいなら、あなたにとっても悪い提案ではないでしょう。

よろしければぜひ、参加をご検討ください。

もし不安であれば、一人までなら同行者を連れてきてもいいと、お父様がおっしゃっております。

ヴェフェルド王国第一王女　ユリシア・リィ・ヴェフェルド

「ふん……なるほどな」

手紙を最後まで読み終えた俺は、笑いをこらえることができない。

これは三大国代表会談――。

何百周もゲームをやり込んだ俺なら、この後どんなイベントが起こるのかだいたい推測がつく。ほぼほぼ間違いなく、悪鬼やブラッドデスドラゴンの時とは比較にならないほどのドンパチが始まるだろう。

だがまあ――まったく心配には及ばない。

何百周と成し遂げてきたゲームクリアのなかには、当然、いくつかの〝縛りプレイ〟も含まれている。仲間を誰一人死なせずにイベントをクリアすることなど、俺にとっちゃ朝飯前だ。

ユリシアも相当に焦っているようだが……ここで勝利できれば、得られるリターンもかなり大きい。他国と繋がることができれば、エスメラルダ王国の領土はさらに広がっていくことになるだろうからな。

「となると……そうだな」

書面によれば、三大国代表会談が行われるのは五日後。

それまでの間、じっくりと作戦を練ることにしよう。


——四日後。

「わ、私が同行相手ですか……!?」

エルフ王国の王城。その玉座の間にて。
・・・・・
玉座に座る俺に対し、クローフェ女王が驚きの声を発する。

「ああ。連中に最も一泡吹かせられるのは、やはりエルフ王国のトップであるおまえだろう」

「で、でも、いいんですか……? ミルアさんに付き添ってもらったほうが、エスメラルダ様も安全なんじゃ……」

「ふふ、気にすることはない。俺一人で充分だ」

それに俺の読みが正しければ、ユリシアはここエルフ王国にも攻撃を仕掛けてくる可能性が高い。

この三週間でエルフもだいぶ強くなったが、まあ、ミルアにいてもらったほうが色々と安心できるからな。

「わかりました。エスメラルダ様がそうおっしゃるのなら……」

「クク、よろしく頼むぞ」

俺が不敵な笑みを浮かべると、エルフ王国の女王は俺に深々とお辞儀をするのだった。

そして、さらにその翌日。

俺は久々に、人間界――ヴェフェルド城下町へと足を踏み入れた。

初めてエルフ王国に来た時は地下通路を経由してきたが、今回もそれと同じルートを辿ってきた形である。

「あ、あれ、もしかしてエスメラルダ王子殿下……？」

「な、なぜエルフの女王様がここに……？」

「しかもなんだか、王子殿下のほうが女王様を従えている……？」

クックック、やはり王都の連中はめちゃめちゃ驚いているな。

無能王子たる俺がエルフ王国を統治下に置いているなど、おそらく誰も想像がついていないだろう。

三大国代表会談――存分に暴れさせてもらうとするか。
悪役王子の名にかけてな。

8

やはり国際社会から《大国》と呼ばれているだけあって、ヴェフェルド王国はかなり賑《にぎ》わっているな。

すれ違う人々もめちゃめちゃ多いし、見渡す限りに商店や飲食店が並んでいる。

のどかで自然溢れるエルフ王国も心地良かったが、活気に満ちたヴェフェルド王国も悪くはないな。ユリシアに目をつけられている以上、安易な行動はできないが。

「やっぱり、あのお方は第五王子の……」

「どうしてエルフ王国の王女様を……？」

そして王城へ向かう道すがら、俺は通行人たちの視線をいっぱいに浴びていた。

まあ当然だよな。

この世界において、俺ことエスメラルダは「無能者」「怠惰者」として悪評が広まりすぎている。おそらくはユリシアを始めとする王族たちが、俺を王権争いから蹴落とすために噂を流したんだろうけどな。

そんな無能王子が、よもやエルフ王国の女王を従えて城下町を闊歩《かっぽ》しているのだ。

これに驚かない理由がない。

「クックック……」

呆気に取られている国民を見て、俺も笑いが止まらない。

これでまた、俺に対する国民の評価も変わるだろう。民の支持を得たいユリシアたちにとっても、これはかなりの打撃になるはずだ。

悪役王子は悪役王子らしく、三大国代表会談でも好き勝手に振る舞わないとな。

「エスメラルダ様、靴に埃《ほこり》がついておりますよ」

「ん……？」

しばらく城下町を進んでいると、隣を歩くクローフェ女王がそう言ってきた。

「少しお立ち止まりください。私のほうで拭かせていただきますから。エスメラルダ様に付着する埃など、絶対絶対絶対絶対絶対絶対絶対に放っておけません」

「ん？　あ、ああ……」

まあたしかに、今から俺たちは各国の代表に会いに行くわけだからな。

身だしなみを整えておくことに越したことはないが、しかしここで女王が俺の靴を拭く構図はさすがにちょっと……。

しかしクローフェ女王は、こちらが止める間もなく、すっと俺の足下にしゃがみ込む。

「おおっ……！」

と民衆たちが驚きの声を発しているのさえも気づかずに。

「はい、綺麗に磨かせていただきました。これでエスメラルダ様の覇道を阻む者は、もはや何人たりともいないでしょう」

「あ、ああ……」

ク、クックック……。

さすがにここまでは想定していなかったが、まあ、これはこれで国民たちに良いアピールになっただろう。

俺ことエスメラルダ第五王子が、エルフ王国を統治したというな。

さて。

ここヴェフェルド城下町が賑わっている理由のひとつは、もちろん、本日の三大国代表会談にあるだろう。

各国の代表たちが集まるわけだから、三国以外のマスコミも駆けつけているし、外国からの来訪者もちらほら見受けられる。そしてもちろん、そんな代表たちを決して傷つけぬよう、ヴェフェルド王国の軍も厳戒態勢を敷いているな。

特に会議の場となる王城まわりについては、王国軍があちこちに厳しい目を向けている。

いつもは一般人も城門近辺までは足を運べるが、今はそれさえも許していない状態だった。

そんな王城の門へと、俺とクローフェ女王は堂々と歩みを進めた。

「第五王子のエスメラルダだ。ユリシア姉様に呼ばれてきた。そこを開けろ」

言いながら、俺は一枚の書面を兵士たちに掲示する。

五日前、ユリシアから届けられた会談への招待状だな。

「か、かしこまりました」

門番の兵士二名がピンと背筋を伸ばし、今度はクローフェ女王に目を向ける。

「し、しかし、そちらの方は……」

「見てわからないか。エルフ王国の女王、クローフェ・ルナ・アウストリアだ。今回の同行者だよ」

俺がそう言うと、背後にいるクローフェ女王が小さく頭を下げる。

だがここまで教えてやってもなお、兵士たちは困惑の表情を浮かべたままだ。

今日は三大国代表会談――。

関係のない国のトップを、そう簡単に通していいものかと思案しているのだろう。

「さっきから騒がしいですね。いったい何事です？」

すると次の瞬間、ヴェフェルド王国の第一王女――ユリシア・リィ・ヴェフェルドが姿を現すのだった。

9

「へ⁉　エ、エスメラルダ……⁉」

王城から姿を現したユリシアが、俺を見て目を丸くする。

当然、その理由はクローフェ女王だろう。

「ど、どういうこと⁉　そのお方って……」

「おやおや、姉上がおっしゃったのではありませんか。不安なら好きな同行者を一人連れてきてもいいと」

「…………」

クックック、悩んでいるな。

これが平民だったら簡単に追っ払えただろうが、相手はエルフ王国の女王。

立場的にはユリシアより上なので、無下にはできまい。

「こうしてお目にかかるのは初めてでしたか……ユリシア・リィ・ヴェフェルド様。ご紹介にあずかりました、クローフェ・ルナ・アウストリアと申します」

一方のクローフェ女王は一切動じることもなく、淡々とユリシアに挨拶を述べる。

さすがはエルフ王国の女王。こういう時の胆力はユリシア以上だな。

「我がエルフ王国は会談への参加資格を有しておりませんが、かねてよりユリシア様とはお近づきになりたいと考えておりました。色々な事情でね」

「ぐっ…………！」

こりゃすごい。

ここまで織り込んでいたわけではないが、クローフェ女王もなかなかのやり手だな。

ミルアやローフェミアのように戦闘力に秀でているわけではないものの、彼女もまた、有能な部下の一人といったところか。

クックック……ユリシアの奴、顔面蒼白だな。

あくまで俺の推測にすぎないが、たぶんミルアが連れてこられると踏んでいたんだろう。

仮に有事が発生したとしても、剣帝が傍にいればとりあえずは安心できるからな。

しかしもう、そんな必要もないんだよ。

エルフ王国での特訓によって、俺のレベルもまた上がっている。

そしてこれからの会談で何が起こるのか、おおよその見当もついている。

三大国代表会談を掻き乱すという意味では、やはりクローフェ女王以上の適任はいないだろう。

「……承知しました。どうぞ中へお入りください」

「ふふ、恩に着ますよ姉上」

俺は笑みとともにそう答えると、約一か月ぶりに、王城への門を潜り抜けるのだった。

ちなみに三大国代表会談が始まるのは、今からおよそ一時間後とのこと。

その間にシュドリヒ国王に挨拶すべきかとも思ったが、ユリシアが言うには、今すでに非公式の対談を進めているらしいな。

だから事前に父親と話をする必要もなく、まさかのぶっつけ本番で会談に臨むことになる。

……まあ、俺はあのおっさんがユリシア以上に嫌いだ。

関わらなくて済むっていうのなら、それに越したことはないけどな。

そんなこんなで、俺たちはいったん控え室のなかで待機することになった。

クックック……。

仮にこの会談がうまくいけば、さらに俺の領土が広がることになりそうだな。

クローフェ女王には悪いが、悪のおっぱい王国建設のため、しばらく付き合ってもらうことにしよう。

そう考えると、俺は思わず悪い笑みを浮かべてしまうのだった。

10

私——クローフェ・ルナ・アウストリアは、エスメラルダ様がいかに素晴らしいお方なのか、強く思い知ることとなった。

三ヶ国のトップが一堂に会する、三大国代表会談。

それの存在自体は前から知っていたが、ではなぜ、エスメラルダ様は会談に参加しようとしているのか……。

最初はそれが理解できなかった。

ユリシアといえば、エルフやエスメラルダ様にとって許しがたき敵。

表向きは「エスメラルダ様の国際社会の立場を盤石にする」と聞こえの良いことを言っているが、絶対にそれだけではないだろう。

こちら側を陥れるような、ろくでもない策を講じているに違いない。

三大国代表会談を言い訳にして、私たちを蹴落とそうとしているに違いない。

少なくとも私はそう思ったし、きっとエスメラルダ様も勘付いているはずだ。

この代表会談で、ユリシアは絶対に何か仕掛けてくるだろうと——。

しかしそれでも、エスメラルダ様はあくまで泰然自若としていた。

周囲の人間からどれだけ好奇の目を向けられようとも。

どれだけ根も葉もない噂を広められていたとしても。

エスメラルダ様はまるで怯むことなく、城下町を突っ切っていたのだ。

そしてついに――王城の手前で憎き女と相対した。

私たちエルフを何人も誘拐した諸悪の根源――ヴェフェルド王国の第一王女、ユリシア・リィ・ヴェフェルドと。

きっとエスメラルダ様にとっても、かなり恐ろしい相手であるはずだ。

なのに――その際もやっぱり、エスメラルダ様はまったく動じていなかった。

いや、それどころか少し煽っていた雰囲気さえある。

ここで私は察したのだ。

エスメラルダ様だって本当はユリシア王女が恐ろしいはずなのに、それでも立ち向かってくださっているのは……絶対絶対絶対絶対絶対絶対に私たちエルフのため。

私たちを困難から救い出すために、あえて危険地帯に飛び込むことをお選びになったのだ。

思えばいつもそうだった。

エスメラルダ様にはなんのメリットもないのに、みずから悪鬼を倒しにいって。

みずからの命を擲《なげう》ってでも、ブラッドデスドラゴンの炎から子どもを庇《かば》って。

自分専用の部屋を作らせることなく、エルフ王国の強化に献身なさって。

エスメラルダ様はいつも、無償で私を助けてくれた。

自分にとってなんの得にならないことでも、私たちのために時間と労力を割《さ》いてくださったのだ。

だからきっと——これも無償の行動なんだろう。

危険な策を講じているとわかっていてもなお、果敢にユリシアの提案に乗り。

そして今回も、無償でエルフ王国を助けようとしてくださっている。

本当に……本当に素晴らしいお方と出会えたと思う。

ヴェフェルド王国の他の王族とは大違いだ。

ならばこそ、私たちエルフも動かなければならない。

たとえエルフ王国が損することになったとしても、エスメラルダ様のために、永遠に献身するのだ。

もちろん、それでエスメラルダ様に対価を求めることはない。

今だって、この方はメリットなしで私たちを助けようとしてくださっているのだから。

——そんなことを考えているうちに、いつの間にか一時間近くが経過していたらしい。

「時間だ。いくぞ」

「はいッ！」

大好きな大好きな大好きな大好きな大好きな大好きなエスメラルダ様に呼びかけられ、私たちは控え室を後にするのだった。

11

……なんかクローフェ女王の奴、急に元気になったな。

やはりエルフ王国の頂点に立つ者として、こういう国際会議みたいな機会は胸躍るのだろうか。

「エスメラルダ様のために、私も無償で頑張りますからね！　エスメラルダ様のために！　無償で‼」

「あ、ああ……」

どうして急に奮起したのかは謎だが、まあ、やる気があるのは良いことだ。

ゲームのシナリオのまま事態が進んでいるのであれば、これからユリシアはろくでもないことをしでかす。俺のために尽くしてくれるのなら、きっと今後も良いように動いてくれるだろうからな。

――ということで。

俺とクローフェ女王は今、会談室のドア前で待機していた。

シュドリヒ国王やユリシア、それから他国の代表はすでに席についているらしい。

今回は文字通り〝飛び入りゲスト〟扱いで、会談に出席することになるのだという。

「それではお入りください。入って右側、手前側にある席にお座りいただければと思います」

「了解」

司会の案内に頷くと、俺はクローフェ女王を伴って会談室のドアを開ける。

当然だが、室内の光景はもう見慣れたようなものだな。

はるかな高みから城下町を見渡せる、ガラス張りの壁面。

天井にはシャンデリアが吊るされ、無駄に豪勢なレイアウトになっている。

各国の代表たちはそれぞれ長方形のテーブルに座り、会談の進行役となるルーシアス第一王子だけが、奥側に座っている形である。

「…………ん？」

「…………へ？」

クックック……。

当然だがみんな動揺してるな。

無能者と呼ばれる俺が現れたことはもちろん、そんな俺に付き添っているクローフェ女王も気がかりな存在だろう。

だが、真の悪役はいつでも泰然としているもの。

こんなことで動じるようでは悪役王子にはなれない。

ゆえに俺は、澄まし顔のまま指定の席に座る。クローフェ女王はもちろん、俺の隣に腰を落ち着ける形となった。

「し、失礼ですが……あなたはエスメラルダ殿で合ってますかな?」

重苦しい沈黙を破ったのは、オーレリア共和国の代表だった。

「ええ、いかにも。私こそがヴェフェルド王国の第五王子——エスメラルダ・ディア・ヴェフェルドです」

「で、では、その隣にいるお方は……? 今日は三国間での話し合いと聞いているのですが」

ちらり、とクローフェ女王の視線が俺に向けられる。

自分が答えていいのかと、無言で問いかけてきたのだろう。

……そうだな。

ここはせっかくだし、俺のほうから答えるか。

「ご覧の通りです。このお方はエルフ王国の女王、クローフェ・ルナ・アウストリア。私が統治下に収めた国の代表です」

「と、統治下……!」

「なんと……!?」

俺の発言に対し、この場にいた誰もが驚きの声をあげる。

父親たるシュドリヒ国王もこのことは知らなかったようで、ぴくりと眉をひくつかせているな。

「と、統治下などと……。シュドリヒ殿、こちらはなにも聞いておりませんが」

ややあって、今度はバージニア帝国の代表が声をあげる。

「よもや貴国は、エルフ王国にも攻勢を仕掛けたわけではありますまいな」

「いえ、そちらはご心配なさらず」

ここでこう言ったのはクローフェ女王だった。

「私たちエルフが従うことにしたのは、ヴェフェルド王国ではなく、あくまで親愛なるエスメラルダ様にだけです。私のみならず、すべてのエルフがエスメラルダ様に忠誠を誓うと申し上げております。――エスメラルダ様に栄光あれ‼　エスメラルダ様こそがこの世界において絶対絶対絶対絶対絶対絶対絶対絶対に必要なお方なのですッ‼　はあはあ……」

お、おいおいおい。

場を掻き乱してほしいとは言ったが、さすがにこりゃやりすぎじゃないのか。

代表たちもドン引きしてるじゃないか。

――けどまあ、結果オーライっちゃ結果オーライだな。

俺をここに呼びつけたはずのユリシアが、文字通り苦虫を嚙み潰したような表情を浮かべている。

ここで俺の功績が各国に知られてしまったら、それこそ自分の王位継承が遠のくと思っているのだろう。

「し、しかし……。これは驚きましたな……」

そう切り出したのは、再びオーレリア共和国の代表。

「エスメラルダ殿。何があったかわかりませぬが、まさかエルフ王国とそこまで親密な仲を築かれているとは……。いつの間にそんな政治的手腕を磨かれたのですかな」

「フフ、政治的手腕などではありませんよ。弱きを助け悪を滅する……。ただ当然のことをしたまでです」

クックック……。

とはいえ、一番の悪役は俺なんだけどな。

こうしてエルフたちの心を掌握した上で、俺にとって都合の良い独裁国家を作り上げる。

今はそのための準備期間でしかないのだから。

「う、ううう……！　さすがです、エスメラルダ様……！」

だがしかし、クローフェ女王が感動のあまり泣きだすのは予想外だった。

……なんだこいつ、さっきから情緒不安定すぎないか。

「素晴らしい……！」

「想定以上に素晴らしいお方ですな……！」

各国の代表たちもまた、何人かが拍手をしているな。

ヴェフェルド王国のメンバーに関してのみ、引き続き複雑そうな表情を浮かべているが。

――さて。

そんなことは置いといて、ここからがターニングポイントだ。

深く意識を研ぎ澄ませると、王城の外側から邪悪な気配がいくつも感じられる。

ゲームのストーリー通りに話が進むならば、こいつらはバージニア帝国の過激派組織だ。帝国の現体制に不満を抱いており、現大統領を抹殺するために、日々暗躍しているんだよな。

本当はただそれだけじゃなくて、この組織には隠された秘密があるんだけどな。

それについて考えると長くなるので、今は辞めておくが――。

とにもかくにも、こいつらはもう間もなく、この王城に攻め入ってくる。

王国軍の警備体制を潜り抜けてこられたのはもちろん、ユリシアが裏で手を引いているためだ。

(俺のせいでシナリオが狂っているが、ゲーム中では、ルーシアスを抹殺しつつバージニア帝国への開戦の口実にするための策となっている)

このまま放っておけば、バージニア帝国とオーレリア共和国、双方の重鎮が殺される。

それによって物語が急展開を迎えることになるが、ここは、その知識を使って恩を売らせてもらうぞ。

「さて、それではさっそく会談の内容ですが……」

テロリストが現れることも知らずに、ルーシアス第一王子が会談を押し進めようとする。

もちろん、この室内にも手練れ護衛が数名配置されているんだけどな。

しかし彼らでさえ気づけないほど、これから訪れるテロリストも強いということだ。


「――――危ない！　逃げろ！」


そしてテロリストが姿を現す数秒前、俺は一番おっぱいが大きくて可愛いバージニア帝国の秘書――否、シナリオ上で一番先に死ぬことになる人を抱きしめ、地面に伏せる。

その次の瞬間だった。

ズドドドドドドドドドドドドドドド‼

かつてエルフ王国で姿を消していた第三師団と同じように、急に押しかけてきたテロリストたちが、龍の背に乗ってガラスを叩き始めるのだった。

「な、なんだこれはぁぁあああ‼」

「いやあああああああああああ！」

三大国代表会談の会場は、一瞬にして大惨事に陥った。

突如現れたテロリストに対して、各国の重鎮たちがそこかしこに逃げ惑う。

警備兵たちがようやく戦闘の構えを見せたが、はっきり言って初動が遅すぎるんだよな。

ゲーム中のシナリオでは、ここでルーシアアス第一王子とバージニア帝国の代表が殺される。

それによって物語は一気に急展開を迎え、世界中が混沌《こんとん》に陥っていくことになるんだよな。

だが、そんなことになっては俺が困る。

この世界は俺のものだ。

訳わからん争いによって世界が灰になっちゃ意味がないし——なによりも、ここで各国の代表たちに恩を売っておくことがキモになる。

そうしておくことで、俺の支配地をより拡大していくのだ。

クックック……。

テロリストどもが暴れまわるよりも、さらに恐ろしい未来ともいえるけどな。

なんにせよ、ここにいる奴らは俺が全員無傷で守ってみせる。

悪役王子の名にかけてな。

「あ……あの、すみません」

と。

俺に抱きしめられている美人秘書（もう一度言うが巨乳だ）が、腕の中で頬を赤らめていた。

「ありがとうございます。わざわざ私なんかを助けてくださって……」

ああ、やべぇ。

この秘書、改めて至近距離で見るとめちゃ可愛い。

だが俺は真の悪役を目指す者。

本来ならここで自己紹介でもしておきたいところだが、こんなところで鼻を伸ばしている場合ではない。

「さっさと逃げろ。死にたくはあるまい」

「…………っ」

そこで表情を改める美人秘書。

彼女は脇役ポジションではあるものの、その圧倒的美貌ゆえに、かなりのファンを抱えているんだよな。なのにゲーム中であっさり殺されたもんだから、それこそ多くのユーザーが怒りを覚えたものだ。

「……わ、わかりました！　あなたもどうかご無事で……！」

美人秘書はこくりと頷くと、すたすたと出入口の近辺まで駆けていく。

そして最後にちらりと俺を振り向くと、クローフェ女王の誘導によって部屋の外へと逃げていった。

……よし、今のところ誰も死んでいないな。

悪のおっぱい王国建設は着々と進められていると見ていいだろう。

バリイイイイイイン‼　と。

その瞬間、外張りのガラスが派手に割れる音が聞こえた。ゲームシナリオ通り、テロリストの乗っている龍が巨大ブレスを放ったんだろう。

本来であれば、その攻撃でルーシアスとバージニア帝国の代表が巻き込まれている。だがあらかじめクローフェ女王に誘導を頼んでおいたので、二人についても無事に避難できているようだな。

やはり何百周もゲームをやり込んできた恩恵はでかい。

シナリオ上では多くの人々が死んでいるはずのイベントを、今のところ無傷で突破できている。

あとはテロリストどもを無事に倒せれば、ひとまずは一件落着と見ていいだろう。

「覚悟せよ！　我らは帝国神聖党《ていこくしんせいとう》……、世界の平和を願う同志の集まりである！」

そんなかけ声とともに、数名のテロリストたちが割れた窓から入ってくる。

全員が真紅の鎧を身にまとっており、魔導銃を持っている者、大剣を持っている者、それぞれの武器を携《たずさ》えていた。

奴らは俺たちを取り囲むや、剣士は前衛、銃士は後衛へと迅速に散開する。

この精錬された動き……やはりゲームシナリオ通りのようだ。

奴らにとって初手で死者を出さなかったのは予想外のはずなのに、それでも冷静沈着に俺たちを取り囲んでいる。単なる過激派組織とは思えないくらい、戦場慣れしている雰囲気があった。

「くっ……手強そうだな……！」

室内の警護にあたっていた兵士が、ちらりと俺を見ていった。

「エスメラルダ王子殿下、どうかあなただけでもお逃げください！　こいつら、かなりの手練れです‼」

「フフ……誰にものを言っている。気にする必要はない」

「な、なんですって……⁉　しかし……」

兵士が言い終わらないうちに、俺は一番先頭に立っているテロリストに目を向ける。

「——一応聞いておいてやるよ。おまえら、いったい何をするつもりだ」

「愚か者め、先ほども名乗っただろう！　我らは《帝国神聖党》！　いまだに我がバージニア帝国にて弱腰政治をし続けている、コーネリアス大統領を始末しにきたのだよ‼」

そう言いつつ、前衛のテロリストが俺に大剣の切っ先を向ける。

「今回の主目的ではないが、おまえも我が帝国を食い尽くそうとしている侵略国の王子だ。もし邪魔立てするというのなら容赦はせんぞ！」

ドォォォオオオ……‼

テロリストがそう言って気合を入れた瞬間、王城全体が激しく揺れだした。

前世の漫画とかでよくある演出だったよな。

強者が全力を解放しただけで、一帯に地震が起こるっていうあれ。

「ぐ……！」

「なんという気迫……！」

「やはりここは危険です！　エスメラルダ王子殿下、どうかあなただけでもお逃げください‼」

兵士たちが慌てふためいているが、まあそれも無理からぬこと。

このテロリストはたしかに強い。

兵士どもが束になったとて、絶対に勝てない相手だ。

が——今の俺はレベル百に達しているだけでなく、前世で幾度となくゲームをやり込んだ廃人である。

悪のおっぱい王国を築き上げる意味でも、ここで引くつもりは毛頭ない。

「クックック……」

俺は一歩前に進み出ると、なんか意味深な笑みを浮かべながら言った。

「その実力は健在なようだな。元傭兵にして《血濡れの戦狂い》——ザレックス・エフォート」

「…………なんだと？」

前衛のテロリスト——改め、ザレックスの動きが一瞬だけ止まった。

「貴様、いったいどこでその名を」

「クックック、おまえごときが知る必要はない」

「…………」

「それでザレックスくん。ひとつ教えてほしいんだが――」

俺はそこで再び不敵な笑みを浮かべると、ザレックスに向けて四本指をくいっと動かした。

「たかが世界最強の元傭兵団ごときが、俺に勝てると思ってんのか?」

ゴゴゴゴゴゴゴゴゴゴゴ……‼

俺が自身の力を解放した途端、ザレックスの時と同じく、王城全体が激しく揺れだした。

もちろん――ザレックスのそれよりもより強い振動だ。

「な……!」

「馬鹿な! なんという力だ……!」

この時初めて、ザレックス含めテロリストたちが明確な動揺をあらわにした。

まさかこんなところに、自分たち以上の実力者がいるとは思っていなかったのだろう。

「し、信じられん……!」

ザレックスが大きく目を見開き、最大限の警戒心とともに大剣を構えた。

「お、おまえは本当に第五王子エスメラルダなんだよな? 聞いていた噂とあまりに違うぞ……!」

「クックック、愚かなのは貴様のほうだ、ザレックス。不確かな噂に踊らされ、必要な準備もせず、のこのこと戦場へ飛び込んできた……。それが貴様の敗因だと知れ!」

俺は悪い笑みを浮かべるや、魔剣レヴァンデストを取り出し、その切っ先をザレックスに向けた。

「俺は誰もが怖がる悪役王子エスメラルダ。俺自身の目的のために、ここにいる奴らは誰一人傷つけさせんぞ‼」

第四章　怠惰な悪役王子、悪のおっぱい王国を築き上げる

1

血濡れの戦狂いザレックス。

ゲームの設定によれば、そいつは最強の傭兵団――《血濡れの傭兵団》に所属していた元幹部だ。

自身の二倍はあろうかという大剣を軽々と振り回し、問答無用で敵を蹴散らしていく。

たとえ相手が戦車で突撃してこようとも、まるでお構いなく、その戦車ごと剣で真っ二つに叩き斬る。

そんな化け物じみた逸話を持つ傭兵として、ゲーム内ではかなり有名なキャラなんだよな。

また一方で強烈な政治的思想も持ち合わせており、傭兵を脱退した後は、前述の帝国神聖党に加入。

ザレックスを尊敬していた元部下も一緒についてきたために、帝国神聖党の武力が飛躍的に高まったとされている。

つまり今俺たちを囲んでいるのは、最強の元傭兵とその部下たち。

ちょっと鍛えたくらいの兵士ごときでは、まるで太刀打ちできないのだ。

——だから俺は今、ひとりで元傭兵どもを相手にしていた。

一対六。

数だけで見れば圧倒的に不利だが、俺には前世で何度もクリアしたゲームの知識がある。どの予備動作がどの攻撃に繋がるのか、こいつらにはどんな攻撃パターンがあるのか、どの攻撃が弱点なのか……。

そのすべてを知り尽くしているゆえに、絶対に攻撃を回避できるのだ。

「はぁはぁはぁはぁ……！」

「どうして当たらねぇんだ……！」

間断なく大剣を振り回してくる元傭兵の猛攻を、俺は軽いステップだけで躱していた。

別に大きく身体を動かさなくたっていい。

こいつらの動きを把握できている以上は、最小限の動作だけで回避できるからな。

「おのれ、呑み込まれるな！　作戦をパターンＤに変更！」

「ヤー‼」

もちろんこいつらも元傭兵であるため、さすがに一方的な戦いになるわけもなく——。

ドドドドドドドドド！

いつの間にか死角に移動していた他の傭兵たちが、背後から一斉に魔導銃を撃ってきた。

前世でいう小銃のようなもので、そこに魔力を込めることで威力を上乗せさせる武器だ。

「はっ、無駄だと言っているのがわからねぇか！」

――ゼルネアス流、《瞬透撃》。

俺がこの技を発動した瞬間、魔導銃を撃ちこんでいた元傭兵の背後へ一瞬で回り込む。

「なっ……！」

「馬鹿な……！」

一気に距離を詰められたことで、元傭兵たちが悲痛な叫び声をあげる。

だがもう遅い。

銃使いは間合いを詰められた時点で終わりだ。

「くたばれ」

――――轟‼

俺が思い切り剣を振り払うと、その衝撃で元傭兵たちが勢いよく後方に吹き飛んでいく。

その向こう側では兵士たちが苦戦を強いられていたようだが、

「くお……！」

「かはっ……！」

元傭兵同士がぶつかり合い、なんとか救助することができた。

「エ、エスメラルダ王子殿下、ありがとうございます……！」

「助かりました……！」

　そう言ってぺこりと頭を下げる兵士たち。

　なんとか助けることができたものの、よくよく観察してみると、右腕にかなり深い切り傷を負っている者がいるではないか。

「これを使え。すぐに回復する」

　俺は懐からラストエリクサーを取り出し、それを負傷している兵士に手渡す。

「えっ……え⁉」

　さすがに驚いたのか、その兵士はぎょっとしたような表情を浮かべていた。

「こ、これってラストエリクサーじゃないですか！　受け取れないですよ‼」

「やかましい。いいから使え」

　俺の目的はあくまで、この胸糞《むなくそ》イベントを死者なしで切り抜けさせること。

　そうすれば俺の評判だってうなぎ上りだし、国際社会における立場も大きくなるだろうからな。

　ラストエリクサーだって、今のエルフ王国なら大量生産が可能。俺の懐はまったく痛まないので、たいした贈り物でもない。

　この薬でみんな無傷で切り抜けられることを思えば、安い代償だと言えるだろう。

そんな意味を込めて放った言葉だったのだが、

「ううう……エスメラルダ王子殿下……！」

「俺たち、あなた様のことを誤解しておりました……」

と涙を流し始める始末。

おいおい、なにを泣くことがあるんだ？　しょうがない奴らだな。

とにもかくにも、これにて取り巻きの元傭兵たちは全滅。

残るは——。

「……なるほどな。第五王子エスメラルダ・ディア・ヴェフェルド。薄汚れたヴェフェルド王国にも、おまえのような大物がいたか」

ザレックス・エフォート——別名《血濡れの戦狂い》が、大剣を掲げて立ちふさがっていた。

「はん、なんだよザレックス。もしかして怖《お》じ気《け》づいたのか？」

「フフフ、そんなわけがあるまい。おまえのような真の強者《つわもの》を見るとな……ついつい、血が騒いでしまうのだよ」

「クックック……。さすがは戦狂いと呼ばれるだけあるな。だが——俺もだよ」

何百周もゲームをクリアしてきた身としては、やはり普通のゲームプレイでは物足りない。

魔剣レヴァンデストの効果で被ダメージを三倍にすることで、ドキドキ感とともにゲームをクリアする廃人プレイ。

ゲーム通りにシナリオを進めるのではなく、決して誰一人も死なせない高難易度プレイ。

普通にゲームを進めるだけでは味わえないロマンが、ここにはある。

「フフフフ……」

「クックック……」

俺とザレックスは笑い合うと、地面を蹴り、互いの剣をぶつけ合った。

それだけで王城が激しく揺れた。

近くにあった調度品が呆気なく倒れた。

あたりに大きな轟音が響き渡った。

「ひ、ひぇぇぇぇぇぇぇぇ……！」

戦いを見守っていた兵士のひとりが、呆気に取られているのが視界の端に映った。

2

私はミューラ・カーフェス。

コーネリアス大統領の新米秘書官を務めている女だ。

今日は三大国代表会談に参加するため、ヴェフェルド王国の地に降り立った。

言うまでもなく、これはバージニア帝国の未来を左右する重要な会談。自国の未来を背負う者の一人として、気持ちを入れて参加しようと考えていた。

なぜならば、それこそが私の使命だから。

遊びも恋愛も興味はない。

友人も恋人もいらない。

各国の情勢が揺らいでいる今、そんなものに現を抜かしているほうがおかしいからだ。

だから幼少期より必死になって勉強してきたし、両親もそんな私に大きな期待を寄せている。

いつかは大統領の座について、多くの功績を残してほしいと。

ゆえに——私はその期待に応えなければならない。

帝国ではまだ女性が大統領の地位を獲得したことはないが、私ならできる。

いや、それこそが私の使命なのだ。

今日の会談はきっと、帝国の未来を左右する重要な位置づけとなるだろう。

私も大統領を精一杯サポートし、自国の発展に貢献していきたいと考えたのだが——。

その会談室にて、なんとテロリストが姿を現した。

しかも彼らは、帝国で悪名高い《帝国神聖党》。

当然、連中は真っ先にコーネリアス大統領を狙ってきた。その傍に控えていた私もまた、大統領への攻撃に巻き込まれるはずだった。

魔導銃の口をこちらに向けられた時、死を覚悟した。

けれど。


——危ない！　逃げろ！


ふいにそんな声が響き渡って、ある方が私を守ってくれた。

ヴェフェルド王国の第五王子、エスメラルダ・ディア・ヴェフェルド。

その時胸がキュンと高鳴った感覚を、私は一生忘れないだろう。

あのたくましい身体つきに、ちょっと悪そうな表情。それでいて心根はとても優しくて、身を挺してまで私を守ってくれた。

この気持ちはなんだろう。

男に興味を持ってはいけないはずなのに、どうして私は彼を凝視してしまうのだろう。

奇妙な点はそれだけではない。

エスメラルダもやはり男なので、さりげなく私の胸に視線を向けていた。

いつもなら、ここは嫌悪感を抱く場面だ。

本当に男というのは汚らわしい。

初対面の女に興味を持つなんて心底気持ち悪いと、普段なら思っていたはずだが——。

なぜだか、彼にはもっと見てほしいと思ってしまった。

むしろ彼の手で、私のおっぱいに触れてほしいとさえ考えるようになっていた。それどころか、そのたくましい両腕で抱きしめられて、いい子いい子されることも……。

はっ、いけないいけない。

私はなんてしょうもないことを考えているのだ。

いい大人が〝いい子いい子されたい〟なんて、その考えこそが汚らわしい。そんな考えは捨てなくては。

テロリストが現れたことで、会場は危険地帯へと化した。

——さっさと逃げろ。死にたくはあるまい——

私はエスメラルダ様に言われるがまま、クローフェ女王に従って会場から避難した。

おかげで安全な場所へと身を移すことができたものの……果たしてこれでいいのかと思い始めた。

だって、彼は今でも私たちのために戦ってくれている。

本当はバージニア帝国の問題であるはずなのに、みずから犠牲になってくれている。

それを放っておくことなど、どうしてできるだろうか。

「その心配そうな表情……。あなたのお気持ち、とてもとてもとてもとてもとてもわかります」

別室で避難していると、クローフェ女王が急にそう話しかけてきた。

「はい……？　どういうことでしょうか？」

「あなたもまた、エスメラルダ様が心配なのですよね。顔に出ていらっしゃいますよ」

「な、なにを……。そんなわけないじゃないですか」

「ふふ、強がることはありません。エスメラルダ様も、あなたには多少なりとも好意を抱いてそうでしたし――少しだけなら、エスメラルダ様を見守ってもいいのではないでしょうか」

は？　なにを言っているんだこの女王は。

戦場へ戻るのを許可するって、正気の沙汰ではないが……。

「女王として、こんな軽率なことを言えるものではありませんが……同じ女として、気持ちはわかるのです。あとはあなたにお任せしますよ」

「わ、わかりました……」

なのに、どうしてだろう。

戻ってはならない。

戦場に行ってもなんのメリットにもならないし、むしろ足手まといにしかならない。

それはわかっているはずなのに、私の足は勝手に会談室へ向かっていた。

本当に調子が狂う。

どうしてこんなにも、彼のことを考えてしまうのだろう。


そうして私は現在、彼の戦いを遠くで見つめているのだが――。

やばい。

やばすぎる。

バージニア帝国でもまったく手をつけられなかったザレックス・エフォートと、彼は互角以上の戦いを繰り広げているのだ。

エスメラルダ様が剣を振るうだけで衝撃波が発生し。

エスメラルダ様が気合いを入れるだけで地震が発生する。

正直なところ、戦車同士の戦いよりも激しい光景が、目の前に広がっていた。

彼は巷で「無能王子」「怠惰者」などと言われているが、そんなことは全然ない。むしろかっこよくて優しい、本物の男なんじゃないか……。

そう思うようになっていた。

もっと傍で、彼を見たい。

もっと彼の近くに行きたい。

そんな気持ちが昂《たかぶ》るあまり、さすがに出すぎた行動をしてしまったかもしれない。もっと近くで彼が見たくなって、じりじりと戦場へと近づいて行ってしまったのだ。

――それが仇になった。

ズドォォォォォオオン！　と。

ザレックスの放った剣撃によって、こちらへと衝撃波が放出され。

私の真上にある、シャンデリアを吊るしている金具が破壊されてしまったのだ。

「あ………」

あと数秒もすれば、シャンデリアが私の身体を押しつぶすだろう。

それでも――私は動けなかった。

完全に腰が引けてしまって、次の行動がとれなかった。

情けない話だ。

自国の繁栄のため、今まで必死に勉強してきたのに。

せっかく、二十にして大統領秘書官という地位についたのに。

私の人生は、ここまでか……！

そう思ってぎゅっと目を閉じた時――。

ふわり。

再び優しい感触が私を包み込んで、思わず目を見開いてしまった。

そう。

あのエスメラルダ様が、また私を抱きかかえていたのだ。

もちろんシャンデリアとは離れた位置に着地なさったので、私にもエスメラルダ様にも傷はない。

「おい、無事か……!?」

慌てたようにそう聞いてくるエスメラルダ様。

まさか私の身を案じてくださっているのだろうか。

「は、はい……。なんとか無事です……」

胸の高鳴りがやばすぎて、そっちのほうは無事ではなかったけど。

そう答えた私に、エスメラルダ様は心なしか安堵したご様子だった。

「まったく……。逃げろと言っていたはずなんだがな」

「すみません。私ったら、とんだご迷惑を……」

「仕方ない。そこで待ってろ、すぐに決着をつけてくる」

「…………」

やばい。やばいやばいやばいやばい。

かっこいい。

かっこよすぎる。

やっぱり私の胸に視線がいっているが、むしろそれが嬉しかった。そのたくましい手で、私の身体を触ってほしかった。

けれどやはり、今はそれが許される状況ではない。

そのことが、私の胸をぎゅうと締め付けるのだった。

「——ばぶばぶ」

「は？」

「ばぶなぶばぶ」

「な、なにをしてるんだいきなり」

頭がぐちゃぐちゃになって急に抱き着いてしまったが、これも初めてのことだった。今まで男性を好きになったことはなかったのに、彼だけは違った。

「とにかく、ここは危険だ。どこでもいいから、適当なところに隠れていろ」

「はい、もちろんでしゅ、大好きなパパ……！」

いつしか私は、彼の従順なる下僕になっていた。

3

「パ、パパってどういうことだよ……」

ミューラ・カーフェスを助けた俺は、内心困惑しっぱなしだった。

おっぱいに視線を向けられるのをなぜか嬉しそうにしているし、挙句の果てには、ばぶばぶしながら〝パパ〟呼ばわりしてくるし。

ゲームではすぐに死んだモブキャラだったので、その内面については深く掘り下げられていなかったが――。

もしかすればこのミューラも、なんかやばい人物なのかもしれない。

「頑張ってください、パパ！　応援しています！」

「はぁ……」

そう言って背後で応援してくるものだから、もはや始末に負えなかった。

まあいい。

あのおっぱいが魅力的なのは変わりないしな。

そう判断し、俺は再度ザレックスに視線を向けたのだが――。

「おい」

いつの間にか戦闘の構えを解いたザレックスが、不思議そうな表情で俺を見つめていた。

「なぜその女を助けた。そいつはおまえらが侵略しようとしている国——バージニア帝国の大統領秘書だぞ」

「……はっ、勘違いすんなよ馬鹿野郎」

「なんだと？」

「侵略しようとしているのはユリシアだ。俺じゃやねえ」

「………………」

まあ、あくまで〝今は〟だけどな。

エルフ王国がもう少し強化された暁には、その領土を広げていきたいと考えている。

「それにな——俺にはわかってるぜ？　おまえさっき、あの秘書の胸をガン見してなかったか？」

「………………ぬ」

図星だったのか、わかりやすく顔をしかめるザレックス。

「クックック、わかるぞその気持ち。あれには男の夢がすべて詰まっているからな」

「はっ……………」

俺の言葉を受けて、ザレックスが口元を緩ませた。

「あんた……まさかとは思うが、あの胸のために命を賭けたってことかよ」

「当たり前だろ」

負けられない戦いがそこにある、ただそれだけのことだ。

「ふっ、面白い奴だなあんた。時と場所が違えば、うまい酒が飲めたかもしれん」

だが！　と突如ザレックスは大声を発するや、再び剣の切っ先をこちらに向けた。

「――だとしても、俺はコーネリアス大統領の蛮行《ばんこう》を止めなければならない。今もなお邪魔立てするのなら、こちらとて容赦はせんぞ‼」

「はっ、そりゃ俺だって同じことさ。今ここで死者を出すわけにはいかねえんだよ！」

そうして俺とザレックスは再び剣を交えた。

ゲーム中でも強キャラ扱いされていただけあって、やはり強いな。

まずすべての攻撃が速い。

瞬《まばた》きを終えた時にはもう目前に迫っているし、下手な反撃を喰らわないよう、絶妙な距離を保って攻撃を繰り出してくる。

しかもこいつ、魔法もお手のものだもんな。

距離ができていれば安心というわけではなく、遠慮のない炎魔法が間断なく飛んでくる。

前世でも「ザレックスにトラウマを植え付けられた」というプレイヤーがちらほらいたが、
それも納得の強さだった。

だが――それはあくまで並のプレイヤースキルだった場合の話。

何百周とゲームをクリアしてきた俺には、あいつの攻撃パターンが手に取るようにわかる。

「くっ……どうして攻撃が当たらない！」

だから今、ザレックスは焦りを露《あら》わにしていた。

神速のごとき勢いで大剣を振り下ろしているにもかかわらず、俺がそれを軽いサイドステップだけで避けているからな。

「がら空き」

「くおっ…………！」

俺が指二本で胸部を突くと、ザレックスはそれだけで後方に吹き飛んでいく。

「馬鹿な……馬鹿なぁあああ‼」

なおも諦めることなく、突進をしてくるザレックス。

これもまた相当な速度ゆえに、遅れて周囲に激しい突風が舞った。

「うおおおっ！」

「わあああああああっ！」

戦いを見守っていた兵士たちが、その突風の勢いに身を屈《かが》ませる。

「なんて戦いだ……！　もはや達人同士の頂上決戦だ‼」

だがその兵士たちの声さえ、俺の意識には入ってこなかった。

ゲームが起動された瞬間、目前の戦いに全神経を注がねばならない――。そうでもしなければば、簡単にキルされてしまうのがこのゲームだったからな。

「ふう……仕方ねえ。こうなったら力の差を見せてやるか」

レベル百に達したことで到達した、新たな境地。

作中のキャラクターではたしか誰も使えないので、ザレックスに一泡吹かせることも可能だろう。

こいつはなかなかしぶとい奴だし、猪口才な攻撃を繰り返すだけでは、いつまでも決着はつかないからな。

「くたばれぇぇぇえええええ!」

そのまま勢いよく振り下ろしたザレックスの剣を、俺はやはり必要最小限の動きで避ける。

いかに達人といえど、大技を放ったあとに隙が生じるのは必然。

ザレックスも今、剣を空ぶったことで少し前につんのめっていた。

——今だ!

俺は魔剣レヴァンデストにありったけの魔力を込めるや、がら空きになったザレックスの胴体に斬撃を敢行。

そのまま勢いに任せ、奴から少し離れた距離で着地すると——。

瞬間、耳をつんざく爆発音が一帯に響き渡った。

この王城そのものを激しく揺らすほどの大衝撃。

斬った相手を起点にして大爆発を発生させるという、えげつないほど超高火力の大技――新《しん》星爆発剣《せいばくはっけん》。

　本来であれば攻撃力が二万に達していないと行えない剣技ゆえ、ゲーム主人公の場合だと、たしかレベル三百以上でようやく扱うことができたはずだ。

　だが今の俺はエスメラルダ・ディア・ヴェフェルド。

　その並外れたステータスと、魔剣レヴァンデストの《攻撃力＋一万》という破格性能が組み合わされば、この大技さえ使用することが可能だった。

「ば、馬鹿な……！」

　さすがに堪《たま》らなかったか、ザレックスがようやく地面に伏した。

「やった♪」

　俺の背後では、ミューラがその大きなおっぱいをぶるんぶるん上下させながら飛び跳ねていた。

4

終わった。

ザレックスもなかなかに手強い相手だったが、まあ、さすがに負ける気はしなかった。

エスメラルダというチートキャラに転生した上、さらに魔剣レヴァンデストもあるわけだからな。それなりのプレイヤースキルがあれば、この場を乗り切ることは容易だろう。

本来のシナリオだと、主人公はここでザレックスに敗北する。

ルーシアス第一王子もコーネリアス大統領も殺害され、世界は一気に混沌へと陥っていく。

そんなことになったら俺の王国なんぞ作っている余裕はないので、無事に勝てて本当によかった。

「みんな、無事か？」

一応の確認を込めて、兵士たちやミューラに問いかけるが——。

「はい、傷一つありません！」

「エスメラルダ王子殿下、僕はあなたを勘違いしていました……！」

「私のおっぱいが好きだって言ってましたよね⁉　いつでも触っていいですからね！」

と、一部変な声もあるが、みんな無事のようだ。

……というかミューラ、そこで胸をアピールするのはやめろ。

そういうのはなんか違うんだよ。

その後クローフェ女王がこの場に駆けつけてきたが、会談の参加者は誰一人死んでいないようだ。

（ちなみにミューラを解放したのは軽率だったということで謝罪もあったが、これは許している。理由はもちろん、大事なおっぱい要員が増えたので、なんの問題もないためだ）

とりあえず、こっちの三大国代表会談のほうは解決。

目論見がうまくいっただけでなく、ミューラも取り込むことができたわけだからな。

結果は上々だと言えるだろう。

残る問題は――。

「エスメラルダ王子よ。自身のことよりも民の安全確認を優先するとは……あんたの悪評は間違っていた。本物の男だよ、あんたは」

ふいに、ザレックスが大剣を地面に突き立てながら笑った。

「っ…………！」

「おのれ、まだ意識があったか……！」

兵士たちが一斉に警戒しだすが、特に問題ない。

万一がないように足へ大きなダメージを与えておいたし、現に今、ザレックスは両足を震わせているからな。まかり間違っても立ち上がることはできないだろう。

「完敗だ。剣術も信念も、俺の完全なる敗北だった。あんたのような統治者がいたら、バージニア帝国はまた違った道へ歩めたかもしれん」

「…………」

その言葉に、ミューラがやや複雑そうな表情を浮かべる。

……ヴェフェルド王国でも醜い王権争いが繰り広げられているが、バージニア帝国だって色々あるんだもんな。そのあたりの事情を知っているだけに、俺もなんとも言えない気持ちになる。

「はっ、まあそんな暗い気持ちになんなよ」

俺はそう言って、ザレックスの肩をバンバン叩く。怪我人が相手だが、まあそんなことを気にする義理もないだろう。

「とりあえず、おっぱいは正義、だろ？」

「ククク……違いない」

そう言ってふっと笑うザレックス。

こいつも巨乳派だったたか。たしかに良い酒が飲めそうだ。

まあ、このあと牢屋送りにされるけどな。

「王子よ。その様子だと、おまえはエルフ王国と仲が良いようだな」

「ああ、そうだな」

「──あんたを男と認めたからこそ忠告する。俺の仲間たちは、エルフ王国にも襲撃を仕掛けている。依頼者の悲願を達成させるためにな」

えっ、とクローフェ女王が高い声をあげた。

その表情がみるみるうちに真っ青になっていく。

「フフ、気にすることはないクローフェよ。このことも事前に織り込み済みさ」

「お、織り込み済み……ですか？」

「ああ。なぜ今回の同行者を、剣帝ミルアではなくおまえにしたのだと思う」

「あっ…………！」

そこでクローフェが大きく目を見開いた。

「エルフたちのレベルはもう、テロリストたちと対抗するに充分な領域にまで達している。心配するな」

5

「遅いッ！」

「ぐはぁっ…………‼」

私こと剣帝ミルア・レーニスは、エルフ王国に突如襲いかかってきたテロリストどもを、次から次へと蹴散らしていた。

それも少人数ではない。

実に数え尽くせないほどのテロリストがここに押し寄せ、エルフたちに片っ端から攻撃を仕掛けている。

おそらくは現在、三大国代表会談で何か重大な事件が起こっているのだろう。

そしてそのトラブルに乗じて、ユリシアがエルフの大量誘拐に乗り出した。

当たっているかどうかはわからないが、これがだいたいの経緯だろうとミルアは考えていた。

——本当にユリシアは卑劣だ。

あいつの顔を想像しただけで反吐が出る。

けれど、それさえ先読みしていたのがエスメラルダ王子殿下だった。

――今後、ユリシアの手先どもが奇襲を仕掛けてくる可能性がある。いいかミルア。その時はもちろん、おまえが中心になって迎え撃つんだ――

ヴェフェルド王国に向かう直前、エスメラルダ殿下はこのような言葉を私に投げかけてきたのだ。

三大国代表会談の同行者として選ばれなかった時は本当に悲しかったが、エスメラルダ様はすべてにおいて最善の選択を下していたのだ。

エルフ王国にクローフェ女王がいたら、まず間違いなく最優先で狙われていただろうし――。

ある意味では最も安全な三大国代表会談にクローフェ女王を呼ぶことで、この襲撃に備えようとしていたのだろう。

しかも。

「く、くはっ……！　馬鹿な！」

「なぜエルフどもが我らをも凌《しの》ぐのだ……！」

襲撃してきたテロリストもかなり戦場慣れしているようだったが、エルフたちのレベルはそれさえ上回っていた。

突然の襲撃に最初は驚いていたエルフたちも、今ではしっかりと反撃に転じることができている。

……しかも、こちら側はラストエリクサーを大量生産している状態。

もはや負ける理由が思いつかないほどに、こちらが圧倒的に優勢だった。

「さあ行くぞ！　エスメラルダ様に鍛えてもらった恩義を返すのだ‼」

「エスメラルダ様のためにッ‼」

皆がエスメラルダ王子殿下のために奮起しているのを見て、私も思わず泣きそうになってしまった。

最初はあんなに無能扱いされていたのに。

最初はあんなにエルフたちに怖がられていたのに。

今ではみんな、エスメラルダ王子殿下のために命をかけている。みんなエスメラルダ王子殿下を尊敬している。

ならばこそ、私も覚悟を決めねばならない。

誰ひとりとも死なせることなく、この正念場を切り抜けるのだと……‼

6

「ちょっと、失礼しますね」

ヴェフェルド王国の王城。ザレックスと戦った会談室にて。

クローフェ女王は前方に両腕を伸ばすと、水晶玉のような球体を出現させた。

「ほう……これは」

たしかゲームでも見たことがある。

はるか遠方の地を覗くことができる水晶玉で、自身が訪れたことのある場所ならば、どこであろうとその地を観察できると。

「す……すごい！」

そしてその水晶玉の景色を覗き込んだ時、クローフェ女王が驚きの声をあげた。

「エスメラルダ様、たしかにこれ、圧勝できてますよ！」

「どれどれ……」

言われて俺も水晶玉を覗いてみると、上空からエルフ王国を眺めるような形で、見覚えのある景色が広がっていた。

広大な緑が広がる土地。

普段はエルフたちがのどかに暮らしている場所だが、そこに大勢のテロリストたちが侵攻をしかけていた。

しかもやはり元傭兵たちの集まりなのか、全員の動きが精錬されている。

無駄な動きは一切ないし、驚くべき統率力をもってエルフの地を攻撃していた。

――だがエルフたちは、そんな元傭兵たちをも上回っていた。

剣帝ミルアがうまいことリーダーシップを発揮してくれているのもあるが、なにより個々の戦闘力が抜きんでている。

元傭兵たちが攻撃する前から次々と蹴散らしているし、繰り出される大剣を真正面から受け止めているし、仮に致命的なダメージを喰らったとしても、大量生産したラストエリクサーで回復できているし……。

そんな感じで、まるで勝負になっていなかった。

「な、なぜ敵わぬのだぁああああ！」

「エルフがこんなに強いなどと……き、聞いてないぞ！」

と元傭兵たちが当惑を示す一方で。

「我々を育ててくれたエスメラルダ様への恩返しだ！　なにがなんでも切り抜けるぞ！」

「いつもエスメラルダ様が言っていたことを思い出せ！　――絶対に死者を出してはならんぞ！」

「「おおおおおおおおおおっ‼」」

エルフたちはある意味で、元傭兵たちよりも統率が取れていた。

すなわち、俺への忠誠心だ。

クックック……いい感じだな。

ゲームシナリオをやり込んでいたおかげで、敵側のステータスは大方知れている。だからそのレベルを上回るまで特訓してやっただけだが、やはりうまくいったようだな。

しかもそのエルフたちに尊敬されまくっているというオマケつきだ。

見た感じ死者は本当に出ていないようだし、この分なら俺たちの完全勝利だと言えるだろう。

「お、おいおい……信じられんぞ」

同じく遠間から水晶を覗き込んでいたザレックスが驚きの声をあげる。

「俺がいない分、エルフ王国に向かわせていたのは練度の高い奴らだった。そいつらを蹂躙《じゅうりん》するなど……俺は夢でも見ているのか」

「クックック、だから言っただろう。このことも織り込み済みで特訓をさせていた……ただそれだけのことだ」

「…………」

そこで大きく目を見開くザレックス。

「もはや驚きの連続だな……。あんたはもはや〝無能王子〟どころじゃないな。うちの国も率いてほしかったくらいだよ」

「ふふふ……。それも悪くないな」

俺が今統治しているのはエルフ王国だけだが、もちろん、この程度で満足する俺ではない。

いずれはより広範囲の土地を統率していければ、それこそ全世界が俺のものになるな。

クックック……。

それはつまり、すべてのおっぱいが俺のものになると言えるだろう。

「エスメラルダ様、しゅごいです……」

現に今も、大きなおっぱいを誇るミューラが目を輝かせていた。

……だからその胸アピールをやめろ。

めちゃくちゃ触りたいんだが、この場面でおっぱいを触り始めるのはさすがにかっこ悪いだろ。

ともあれ、これにて一件落着。

エルフ王国も問題なさそうなら、当面の危機は去ったと言えるだろう。

ゲーム中での危険ポイントをきちんと切り抜けられたわけだから、達成感もひとしおだった。

そして。

「ほぉ～、すごいなこれは。エスメラルダ殿、まさかあなたがやったのですか」

「信じられん……。ザレックスは我が国のSランク冒険者とて手を焼いていたはずだが……」

事件解決を聞きつけたらしき各国の代表が、一斉にこの場に駆けつけてきた。

ザレックス含む元傭兵たちは拘束済みなので、ここで暴れる心配はない。もちろん代表たちもそれぞれ護衛を連れているし、滅多なことは起こらないと思うが。

クックック……。

目論見通り、代表たちの〝エスメラルダの評価〟が急上昇しているようだな。

こうして国際社会の信用を少しずつ獲得していければ、ゆくゆくは俺の独裁国家を作りあげることができるだろう。俺は働くことなく、ただ寝そべっているだけで金とおっぱいが寄ってくる生活。

ふっふっふ。

せいぜい今のうちに俺を崇めるがいい。

束の間の平和が訪れたように思えて、今こそが本当に恐ろしい独裁国家誕生のきっかけなのだ。

「して、シュドリヒ殿」

ふと思い出したように、オーレリア共和国の代表が、シュドリヒ――ヴェフェルド王国の王に問いかけた。

「エスメラルダ殿は、そちらの国ではあまり良い評判がないようですが……。私にはそのように思えません。いったい何が起きているのですかな?」

「ぐう……」

「なんで……どうして……」

さんざん俺を無能者扱いしてきたルーシアスやシュドリヒ国王、そしてユリシア第一王女が悔しそうに歯噛みしているのだった。

7

さて。

ザレックスとの戦闘も終了し、エルフ王国の圧勝具合も確認できた。

今まではユリシアにやられっ放しだったが、今度はこちらから仕掛ける番だろう。

「失礼ながら皆様。ひとつ気がかりな点がありませんか」

「む……？」

俺がそう言うと、各国の代表たちの視線がこちらに集まる。

ユリシアやシュドリヒ国王などは、いったい何を言い出すのか不安がっているようだ。

「皆様もご存知の通り、この王城近辺には厳重な警備体制が敷かれているはずでした。にもかかわらず、他国の過激派組織が簡単に潜り抜けてくるなどと……なにか裏があるとしか思えない。そうではありませんか？」

「ふむ……」

「たしかにそれは私も気にかかってはいたが……」

俺の言葉に、バージニア帝国とオーレリア共和国の代表たちが考え込む。

……各国のトップが殺されそうになった事件なのだ。

言うまでもなく、これは大問題だよな。

ゲームではテロリストの襲撃で物語の急転換を迎えたため、事件の首謀者について掘り下げるのは、もう少し先の話だった。

俺の暗躍によって、かなりマシなシナリオにはなったけどな。

しかし仮にストーリーがそのまま進んでいた場合、多くの人々が殺害される胸糞展開になっていたはずだ。

ゲーム中では《帝国神聖党》を雇い、ルーシアスとバージニア帝国の代表を殺害。

そしてこの世界においても、俺を陥れるついでにエルフ王国をのっとろうとした。

作中屈指のクソ野郎——ユリシア・リィ・ヴェフェルドをこのまま放っておけるわけがないんだよなあ。

真の悪役は俺ひとりでいい。

同じゲームに悪役は何人もいなくていいのだ。

「ま、まあそれについての考察は後日でいいではありませんか」

当のユリシア本人は、大汗を掻きながら話題を切り替えようと必死だ。

「無事に皆さん生きて帰ることができた……。それだけで何よりだと考えます」

「ふふ、どうしたのですか姉上。そんなに早急に話題を変える必要などないではありませんか」

「ぐ………」

「それに言うまでもなく、両国の代表が危険な目に晒されてしまったのです。それについての考察を〝後日でいい〟とは……会談の開催国として、浅慮《せんりょ》がすぎるのではありませんか」

「ぬぬぬぬぬ……！」

悔しそうに歯噛みするユリシア。

クックック、効いてる効いてる。

ゲームの知識があるので、こいつが黒幕だってことはもうわかってるんだけどな。

その上で揺さぶるのって、なんか超気持ちええわ。

「まあ、そう事を急ぐでないエスメラルダよ」

そう話題を切り出したのは、俺の父――シュドリヒ国王だ。

「そなたの気持ちもわかるが、ユリシアの言い分も一理あるだろう。ひとまずはそれぞれ別室に移動し、心身ともに休むのが先ではないかね」

「………………」

でた、ゴミの権化シュドリヒ国王。

こいつもまた、ユリシアが裏でテロリストの手を引いていたのを知っている。その上で、彼女の暗躍が国益になるならばと見て見ぬフリをしていたのだ。

仮に今、ユリシアが黒幕だと勘付かれたら王国としても非常にまずいからな。ここで彼女に助け船を出しているのは、多分にそういった理由があるためだと思う。

「クックック……」

だが悲しいかな、俺は前世のゲームを何百周もやり込んだ男。

たとえメインシナリオには登場しなくとも、どこにさりげない伏線が仕込まれているのか、どこにストーリークリアのヒントが潜んでいるのか……。

そういったいわゆる〝小ネタ〟についても、充分に把握しているわけだ。

「姉上。あなたの執事……たしかハマスといいましたか」

「へ？　え、ええ……」

「たとえ姉上は何もしていなくとも、ハマスの部屋を探れば何かしら重要なヒントが出てくるかもしれません。いかがでしょうかね」

「え………⁉」

一瞬にして表情が青ざめるユリシア。

「や、やめてちょうだい！　どうしてそんなことを……！」

「おやおや、なにをそんなに狼狽《ろうばい》なさっているんです。この事件について、当然姉上は関与していないのでしょう？」

「ぐぐぐ……！」

そういってユリシアが歯ぎしりをしている間に、俺は、

「そういうわけで、ハマスの部屋を探れ。特にドアの真正面にある机の、鍵のかかった引き出

しを重点的にな」

と近くにいた兵士に命じる。

「し、承知しました……！」

と言って、兵士たちはその場から退室していった。

その間ずっと、ユリシアは力なく項垂《うなだ》れていた。


そして、数分後。

「エ、エスメラルダ王子殿下、発見しました！」

と、その兵士が興奮した様子で戻ってきた。

なにやら一枚の紙を右手に持っているが、そこにはこう書いてあった。


――帝国神聖党　暗殺依頼書――

――エルフ王国　エルフ誘拐計画書――


「な…………!!」

「こ、これは、なんという……!?」

その場にいる誰もが、大きなどよめきを発した。

8

帝国神聖党を呼び出した張本人は、なんとユリシアの執事だった――。

このことは当然、会談の参加者たちに大きな衝撃を与えた。

「ど、どうして自国で開催される会談に、テロリストを呼び寄せたのだ……?」

「我々をこの場で始末したかったのか……?」

と、それぞれ思い思いの言葉を、参加者たちが話し始めている。

……まあ、そりゃ当たり前のことだよな。

さっきのユリシアは、明らかに〝事件の首謀者〟について詮索《せんさく》されるのを嫌がっていた。なんとか話題を逸《そ》らそうと必死だったんだよな。

しかもそれはユリシアだけでなく、シュドリヒ国王も同様だ。

ユリシアの不自然すぎる話題逸らしを、国王も一緒になって押し進めていた――。

ここまでの状況が出揃っておいて、執事ハマスの悪事が「単独で行われていた」とはどうしても考えにくい。つまりこれは国家ぐるみの陰謀だったのではないかと、そう思われても仕方ないわけだ。

クックック、本当に馬鹿な奴らだな。

みずから墓穴を掘るとは、悪役の風上にも置けない奴らである。

俺は込み上げてくる笑みをなんとかこらえながら、ユリシアに声を投げかけた。

「ひとまずは姉上、このことについて詳しく取り調べる必要がありそうですね。他ならぬあなたの執事が引き起こした事件なのですから」

「う、ううう……！」

さすがに言い訳のしようもないのだろう。

ユリシアは視線を落としたまま、ぶるぶると身を震わせ始めた。

「時期女王と呼ばれていたユリシア殿が……なぜ……」

「王権争いのためでしょうか……？」

そんなヒソヒソ話が繰り広げられ始めると、ユリシアはがくりと両膝から崩れ落ちる。

「………どうして」

次いでユリシアから発せられたのは、そんなぼそりとした声。

「エスメラルダ。血の繋がった弟が失墜してから、あなたは完全にやる気を失っていたはず。すべての勉学や特訓を放棄して、怠惰王子とまで呼ばれていたのに……。いったいなぜ……」

「ふふ、愚問だな。俺はただ、悪のおっぱ……げふんげふん」

やっべ。

真の悪役王子を演じているのに、思わず本音を吐露してしまうところだった。

「──そんなのは簡単ですよ、ユリシア王女殿」

そうして俺が言《い》い淀《よど》んでいるところを、間髪入れずクローフェ女王が割って入った。

「エスメラルダ様は、ただひたすら器が大きいお方なのです。たとえご自身にはたいした利益にならなくても、このお方はエルフ王国を大きく発展させてくださいました。今ではエルフ全員に尊敬されているのに、ご自身は質素な生活をされてるんですよ。……すごいと思いませんか?」

「…………」

「それはきっと、ユリシア王女殿がおっしゃる〝王権争い〟が関係していたのかもしれません。誰よりも辛い思いをしてきたエスメラルダ様だからこそ、誰よりも人の心がわかる。──そうでなければ、こんな名君になれるはずがないではありませんか」

「あ…………」

おいおい、なんだよこれ。

俺としちゃただ独裁国家を作ろうとしてただけなのに、なんだかしんみりとした空気になってるんだが。

しかしそんな俺の心境を知ってか知らずか、クローフェ女王はこちらを振り返ってにこりと微笑んでくるのみ。

「ですから、私は決めたのです。我がエルフ王国を、エスメラルダ様の統治下に置いてほしいと。一生エスメラルダ様についていって、この方の作りだす世界を見届けていこうと」

「わ、私は……」

なんだか虚《うつ》ろな瞳をして俺を見つめてくるユリシア。

「いつの間にか忘れてしまっていたというの……？　人の上に立つ者が持っているべき、大切なものを」

いやいや、知らねえよそんなもん。

人の心なんて、社畜に徹していた前世に置いてきてしまったわ。

……と言いたいところだったが、このしんみりした空気のなかでそれを言うことはさすがにできなかった。

悪役王子たる者、場の空気はきちんと読んでいかないとな。

ひとまずはこの茶番に付き合ってやるか。

「フフ、そうですね。最近の姉上には傲慢があった。そしてそれが、みずからの破滅を招く原因になってしまったことは否めません」

「…………」

「ですが俺にはわかっていますよ。姉上も本来、優しいお方だ。王権争いに明け暮れる中で、自分の心を殺すしかない子ども時代を送ってきた。――そうではありませんか？」

「う………」

「だからどうか、思い当たる罪があるのなら素直に白状してください。そしてすべての罪を償《つぐな》った上で、本来あなたがやるべきだった使命をまっとうしてください」

「う、ううう……！」

そこでユリシアの涙腺が崩壊した。

瞳から滂沱《ぼうだ》の涙を流し、大きな声で泣き始める。

「ごめんなさい。私が全部間違っていた。正しいのはエスメラルダだった……‼」

パチパチパチパチ、と誰かが拍手をした。

そしてそれがきっかけになって、事の顛末《てんまつ》を見守っていたすべての人々までもが俺に拍手喝采《はくしゅかっさい》を浴びせ始めた。

「いやいや、あっぱれです……！」

「あれこそ名君ですな……‼」

「やっぱりエスメラルダ様かっこいい……！　今夜にでも私のおっぱいを触ってもらわないと……‼」

などと絶賛されてしまっているものだから、俺としても歯がゆいことこの上なかった。

9

さて。

ユリシアのほうはいったん落着したとして、お次はヴェフェルドの国王――改め、シュドリヒ・シア・ヴェフェルドだよな。

悪質度だけで言ってしまえば、こいつのほうがよっぽどひどい。

玉座争いのためにエルフを誘拐し続けた挙句、今回の会談にて各国の代表を殺そうとしたユリシア。

シュドリヒ国王はそれを知っていた上で、あえて見逃していたわけだからな。

――こんな奴が、王の座に座る資格などない。

そんなふうに世論が傾くのはしごく自然だと言えるだろう。

「クックック……」

泣き崩れているユリシアを脇目に、俺はシュドリヒ国王に目を向ける。

「父上、あなたはご自身の進退をどのようにお考えですか。各国の重鎮たちに醜態《しゅうたい》を晒してしまった以上、いつもの隠蔽は通用しないでしょう」

「ぐぬ……」

おお、いいねいいね。

めちゃくちゃ悔しそうにしてるじゃないか、この狸《たぬき》め。

前世の記憶を取り戻す前のエスメラルダは、それこそ国王に迫害され続けてきた。

――ユリシアが悪評を流しているのを知っていて、なおも見て見ぬフリをした。

――過激な玉座争いが繰り広げられているのを知っていて、それこそが《王たる者の試練》として知らぬ存ぜぬを貫き通した。

自分が直接手を下していないぶん、シュドリヒ国王のほうが極悪なのは言うまでもないだろう。

ここらはもちろん、メインシナリオにない部分。

シュドリヒ国王がどう出てくるか、非常に楽しみだな。

――パチ、パチ、パチ、と。

果たしてシュドリヒ国王は、なぜか俺に向けて拍手をし始めた。

「ほっほっほっほ、よくやったではないかエスメラルダよ。余は信じておったぞ。おまえならきっと、余からの試練を乗り越えられると」

「…………は？」

「我が子を陥れようとする親などいないだろう？　だからあえて辛い試練を課しておったのだよ。強き王に育てあげるためにな」

「…………」

「だが、おまえはその試練を見事にクリアした！　合格だ！　おまえはもはや無能王子でもなんでもない！　有望な将来の担《にな》い手《て》として、さっそく我が右腕となるがいい！」

うっわ、マジかよそうきたか。

あまりに小物すぎる言い訳で草も生えないんだが。

「う、う～む……」

「はははははは……」

各国の代表たちもさすがに呆れた表情を浮かべていた。

クローフェ女王にいたっては殺意さえ発していたが、ここでまた事件が起きたらややこしいことになるからな。

「まあまあ、落ち着けって」

と、ひとまず制しておく。

——ガツンとやるなら、息子たる俺のほうがいいだろう。

「おい、ふざけんなよおっさん」

俺はポケットに両手を突っ込み、へらへら笑みを浮かべているシュドリヒ国王に歩み寄っていく。

前世の俺だったら、立場的に強い上司には絶対に逆らえなかった。

だが今の俺は悪役王子。

好き勝手生きると決めた手前、むかついた野郎には真正面から文句言ってやらないとな。

「なんだよ。俺の評判が上がったからって、今度は自分のとこに取り入れようってか？　さっむい考えが見え見えなんだよこのクソハゲが」

「な、なんだと……！」

「知ってるぜ？　あんたが並外れた戦闘力を誇ってるのは、大量のエルフの血をもらってるからだ。汚ねえことはユリシアにやらせておいて、自分は安全圏で高みの見物かよ」

「な、なんと……‼」

「そんなことが……」

各国の代表たちが驚きの声をあげる。

シュドリヒ国王が高い戦闘力を有しているのは、幼い頃から厳しい修業に徹したからだ——。

世間一般にはこのように知られているが、前世でゲームをやり尽くしてきた俺は、それがプロパガンダだと知っている。実際は自分が一番多くのエルフの血を飲んできたため、比例して戦闘力が高まっているだけだ。

異様に強かった中ボスのグルボアも、たぶんエルフの血が原因だと思っている。

「なるほど……。そういうことでしたか……」

クローフェ女王がより明確な殺意をあらわにする。

「取り急ぎ、シュドリヒ殿の私室を捜索させていただきたいところですね。誘拐したエルフたちがどこに行ってしまったのかも含めて」

「い、いや。しかしそれは……」

なおも両手を振って知らぬ存ぜぬを突き通そうとするシュドリヒ。

ほんとにクズだよな、こいつは。

ゲーム中のエスメラルダが闇落ちしてしまうのも無理のないことだと思う。


前世までの俺だったら、そんなクソ上司相手にもヘコヘコしてしまっていた。

ブラック企業だとわかってはいても、弟の進学のために馬車馬のように働いて。

ゲーム以外に楽しい思い出もなく、少ない給料を懸命に貯め続けて。

——他人のために生きて、他人のために死ぬ。

そんな人生なんぞ、クソ喰らえだ。

俺は誰かのために生きているんじゃない。

俺の人生は、俺のものだ。

だから悪役に徹してでも——俺は自分のやりたいことを追求し続ける。

それが今の俺、エスメラルダ・ディア・ヴェフェルドだ。

「てめぇに国の統治は任せられねえ。このヴェフェルド王国も――今日から俺が統治させてもらうぞ」

「な、なんじゃと……！　しかしそれは……！」

シュドリヒ国王が慌てたように目を見開く。

だが、俺は悪役王子エスメラルダ。

欲しいものを手にするためなら、時に過激なことまでしてしまうのが俺だ。

「コソコソ言い訳してんじゃねえよ、このクソおいぼれが！」

「ぐぇぇぇぇぇぽらぬぉ」

ドォン！　と。

俺は国王の頬を思い切りぶん殴り、シュドリヒ国王を遠くへと吹き飛ばしてやった。

シュドリヒ国王は間抜けな顔で白目を剝き、そのままがっくりうなだれた。

「ごげ……ごげごげ……」

「わぁ……！　かっこいい……！」

「さすがはエスメラルダ様、やっぱり私のおっぱいを一番最初に触るべき人よ……！」

一国の王をぶん殴るという強行突破に出たはずが、クローフェ女王とミューラはキラキラ目を輝かせて俺を見つめていた。

10

その後。

俺とクローフェ女王は、ユリシアの案内でエルフを幽閉している場所に赴《おもむ》くことにした。

シュドリヒ国王は気絶しっぱなしだったからな。

ここは私に案内させてほしいと、ユリシアみずからが提案してきたのである。

……よくわからないが、今回の一件で《大切なもの》とやらを取り戻したらしい。本当によくわからないけどな。

当然だが、会談の参加者については同行していない。

明らかな内政干渉となるため、バージニア帝国・オーレリア共和国はこれ以上首を突っ込まないと決めたらしい。ゆえにいったんは王城の客室にて待機してもらうよう、係の者に対応させているところだ。

「……こちらです」

数分後。

ユリシアが案内してきた先は、ある王城の一室だった。

ゲームでは《立ち入り禁止区域》として設定されており、どうにも足を運べなかった場所だな。この部屋について、有志たちがさまざまな考察をしていたが——まさかここにエルフたちが閉じ込められていたというのか。

「では、いきますね」

ユリシアがその扉を開けると、物置らしき部屋が目の前に広がった。

棚の中にいくつもの箱が置かれているだけの、一見すると普通の物置部屋だ。

だが部屋の隅にはなにやら意味深な小門が設置されており——そこをくぐった瞬間、まるで別の世界が広がっていたのだ。

中央に延びる通路の左右に、等間隔で並ぶ牢屋。

そこにげっそりとやつれたエルフたちが地に伏せており、なんとも痛々しい光景が広がっていた。

「ぐっ…………！」

同胞の苦しそうな姿を見て、クローフェ女王が悔しそうに両の拳を握り締める。

「…………」

一方のユリシアは、そんなクローフェ女王を黙って見つめるばかり。

エルフの王たる彼女にどんなふうに声をかければいいのか……心底迷っている様子だった。

「ん…………」

と。

ふと近くのエルフからそんな声が聞こえてきて、俺は目を丸くした。

なんだ。

助けるのは絶望的だと思っていたが、まさか生きているのか……？

念のため周囲を見渡してみるも、死んでいるエルフはどこにも見当たらない。活力は極限まで奪われてしまっているものの、すべてのエルフが生き残っているようだ。

「なるほど、そういうことか……！」

ユリシアの目的はあくまで《エルフの血》。

ここで殺してしまっては採取の効率が悪い。

牢屋でうまいこと生かしておいて、定期的に傷をつけては血を回収する……。

もちろんこれ自体も許せないことではあるが、エルフたちが誰も死んでいないのは僥倖だった。

「エスメラルダ様、どうしたのですか……？」

ニヤリと笑う俺に対し、クローフェ女王が不思議そうに首を傾げる。

「なに。これなら有効活用できると思ってな。――ひっそりと大量生産しておいた《ラストエリクサー》を」

「へ…………？」

ラストエリクサー。

それは対象者のＨＰを全回復し、瀕死を除いた状態異常さえも一瞬で治すチート級アイテムだ。

ゲームではレア中のレアアイテムで、なかなか手にすることができないが――。

「ふふ……クローフェは知っているだろう。現在のエルフ王国においては、このラストエリクサーを大量生産するための体制が整えられていることを」

「は、はい、はい……っ！」

泣きそうな表情になっているクローフェ女王に笑みを投げかけると、俺はエルフたちのもとに歩み寄っていく。

「少し待っていろ」

そう言って、俺は懐からラストエリクサーを取り出す。

もちろん全員分の本数は持ち合わせていなかったので、その分は素材を調合する必要があるけどな。

いずれにせよ、今回のテロリスト襲撃をしっかり切り抜けるため、俺自身も多くの回復アイテムを用意してきていた。

調合素材の分も含めれば、おそらく全員のラストエリクサーを作り出すことが可能だろう。

「よし、これで完成だ。クローフェに姉上、これを手分けしてエルフたちに渡してもらってもいいか」

「は……はい！」

「わ、わかった」

そう言って全員で手分けして、まずは重篤《じゅうとく》に陥っているエルフたちにラストエリクサーを飲ませていく。みんな息も切れ切れになっていたが、このチートアイテムさえあれば……。

「あ、あれ……？」

「治った……？」

「なんで……？」

果たして俺の狙い通り、さっきまで地に伏せていたエルフたちが、一気に元気を取り戻した。

「じょ、女王様……？　わ、私たち、助かったんですか……？」

うち一人のエルフが、クローフェ女王にそう問いかける。

「ええ。そこにいらっしゃるエスメラルダ様が、惜しげもなくラストエリクサーをくださったんです。あなたたちの傷は――完全回復しました」

「う、うわぁあああああああああ！」

エルフは泣き出すと、勢いよく俺の懐に飛び込んできた。

「ありがとうございます、ありがとうございます……！」

「もう助からないと思ってたのに……！」

「あなたは命の恩人です……！」

「ふ、これしきのことで騒ぐな」

そう言ってなんか意味深な笑みを浮かべる俺だが、柔らかいおっぱいがぐいぐい押し付けられてきて、正直それどころじゃなかったのは秘密だ。

11

さて。

エルフたちも無事に救助できたことだし、事件はいったんの落着をみた。

クローフェ女王はもちろんのこと、もうすべてのエルフが俺の虜になっているな。

俺がエルフ王国を歩くだけでも、

「あ、エスメラルダ様～！」

「エスメラルダ様を見習って、私もラストエリクサー作れるようになりましたよ～！」

と声をかけられるようになった。

……クックック、実に良い傾向だな。

ユリシアの陰謀を止めることができたとはいえ、このゲームはかなり壮大なストーリーが盛り込まれている。はっきり言ってまだ序盤も良いところなので、今のうちにエスメラルダ王国の勢力を大きくできたのはでかい。

前世ではクソ上司に何度もいびられてきたからな。

今生は好き勝手にいかせてもらう。

また俺がヴェフェルド王国の王になるという件だが、なんとあれも実現する方向で話が進められているらしい。

エルフ王国を統治しただけでなく、三大国代表会談で襲ってきたテロリストを単身で撃破したわけだからな。

次期国王としてはルーシアス第一王子が最有力候補だったが、ルーシアスでもこの実績には敵わないということで——。

俺は近々、ヴェフェルド王国の冠を戴《いただ》く予定だ。

クックック……。

俺の支配地域も、そして奴隷となる人々も着実に増えている。

前世のように働くこともなく、ただのんびり過ごしているだけで、金と飯とおっぱいが寄ってくる生活。

それは間近に迫っているといえよう。


——と思っていたのは確かだが、それは俺の想定以上に間近だったようだ。

「エスメラルダ様ぁ〜♪」

その日の夜。エルフ王国の王城にて。

いつも通り客室で就寝していた俺のベッドに、またも乗り込んでくる女がいた。

そう——。

エルフ王国の第一王女、ローフェミア・ミュ・アウストリアだ。

あえて狙っているのか、肌の露出部分がすさまじく広い。

俺が巨乳好きなのを察しているのか、特に胸部分のアピールがすごかった。

……うん、やっぱりローフェミアのおっぱいはすごくDE☆KA☆I！

と、いやいやいやいや。

そんなことを考えている場合ではない。

これほどにDEKAIおっぱいを、こんな間近で見せられたら……。

「ローフェミア、おまえ……！」

「えっへっへ。約束を果たしにきたんですよ。私、一日だって忘れなかったんですからね？♡」

「や、やくそく……？」

そこまで言いかけて、俺はふいに思い出した。

——俺たちが真に結ばれるべき時は、ユリシアを倒し、エルフ王国に本当の平和を取り戻してからだ。そうじゃないか？——

おいおい、マジか。

そういうことなのか。

ユリシアを倒してエルフ王国が平和になった今、とうとう聖戦をおっぱじめようってのか。

「おいおい、あまりにも急だな。俺、寝る前に風呂入ってないぞ？」

「いいんですよ。――私のエスメラルダ様が、約　束　を　破　る　わ　け　な　い　で　す　よ　ね？」

「あ、はい」

忘れてた。

このローフェミア、ヤンデレっぽい気質あるんだった。

ここで断ったらとんでもねえことになりそうだぞ。

むにゅ、と。

ローフェミアは俺の手を急に掴み上げると、それを自身の胸にあてがってきた。

「うお……！」

まずい。

まずいぞこれは。

この状況を放置すると大変なことになる。

「――待つのだ、ローフェミア王女！」

と。

ふいに扉を開けてくる者がいて、正直助かったと思った。

このままだと俺自身の歯止めが利《き》かなくなる可能性があるからな。

「私の初めてはエスメラルダ王子殿下に捧げるつもりだったのだ！　ぬけがけは許さんぞ！」

「…………おいおい」

結論から言おう。

闖入者《ちんにゅうしゃ》の正体は、かの剣帝ミルア・レーニスだったんだが――。

そのミルアも、タオル一枚というありえん恰好をしていた。

「あら、なにを言ってるんですかミルアさん♡」

ベッドに乗ったままのローフェミアが、俺を見つめて面妖《めんよう》に笑った。

「大丈夫ですよ。エスメラルダ様はみんなのものなんですから、二人でこのひとときを楽しめばいいんです」

「なるほどそうか。それもそうだな」

なにが《なるほど》なのか、まったくわからない件について。

……もういい。

二人を信じたのが間違いだった。

俺の性癖がねじ曲がっているせいかもしれないが、こうして向こうから恥じらいもなくグイグイこられるのは、なんか違う。

おっぱいは、ただそこにあればいいというものではない。

恥じらいと可愛らしさ、この二つがうまく噛み合ってこそ、最高の魅力を秘めた〝膨らみ〟たりえるのだ……！

悪のおっぱい王国を築く者として、雑におっぱいに触れるのは、あってはならないことと言えよう。

「クックック……。おまえたちはわかっていないな。俺がそう簡単におっぱいに触れるわけが――」

俺がそう言いかけた、その瞬間だった。

「ローフェミア！　抜け駆けは許しませんよ！」

今度はなんと、クローフェ女王が部屋に押しかけてきた。

しかも例によって、うっすいタオル一枚だけを身にまとっている形である。

「お、おいおい……。あんたは一番軽率なことしちゃ駄目だろ……」

しかも彼女だけではない。

「エスメラルダ様！　私の裸も見てください！」

「あ、駄目ですよ！　エスメラルダ様は私のものなんですから！」

「ご主人様、下僕たる私も参上しました！　ぜひ今日こそ、私の巨乳を揉んでください！」

「…………」

さらには大勢のエルフが押しかけてくるのみならず、なぜか会談時に助けたミューラ秘書官まで押しかけてくる始末。

「きゃっ……！」

そして――これは前世でいうラッキースケベな展開だろうか。

大勢のエルフたちがもみくちゃになっているせいで、ミルアやローフェミアを筆頭とする多くの女性たちから、タオルが勢いよくはだけてしまった。

そう。

つまりは今、俺は直《じか》に見てしまったのだ。

前世では決して生で見てこなかった、大きな膨らみたちを。

ミルアやローフェミア、クローフェ女王、ミューラ秘書官、そして大勢のエルフたちの生おっぱいを。

「あっ……！」

「ちょっと、みんな落ち着いてよ……！」

なぜか急に恥じらいを感じたようで、一斉にタオルをまとい始める女性陣。

おまえらいったいなにがしたいんだよ……！

「ク、クックック……」

正直、なにがどうなっているのかまるで理解が及ばない。

ここで無思慮《むしりょ》におっぱいを触るのは俺の矜持に反するが、しかしひとつだけはっきりしたことがある。

それはつまり、悪のおっぱい王国建設が着実に前に進んでいることだ。

軍事力だけで見ればヴェフェルド王国を上回る、オーレリア共和国。

そして水面下にてユリシアに侵略され続けてきた、バージニア帝国。

この二国は特に、ヴェフェルド王国の発展をよくは思っていないだろう。今後なにかしらの動きがあるのは必然だ。

前述の通り、ゲームシナリオ的にも、ここからが佳境に入っていくところだしな。

しかしどうだ――今俺の目の前には、沢山のおっぱいたちがある。

今後起こるだろう数々の苦難さえも、この悪のおっぱい王国があれば、しっかり乗り越えることができる。

そんなふうに感じるのだ。

ゆえに、今はまだ目先の欲に溺《おぼ》れている場合ではない。

さらなるおっぱい王国を建設するためにも、引き続き真の悪役に徹し続けていなければ……！

「クックック……。そういうわけだ、じゃあな皆の者」

「「「あ、お待ちくださいエスメラルダ様‼」」」

数々のおっぱい戦士たちに追いかけられながら、俺はひとまず、今後の策について考えるのだった。

本書に対するご意見、ご感想をお寄せください。

あて先

〒162-8540 東京都新宿区東五軒町3-28
双葉社　モンスター文庫編集部
「どまどま先生」係／「餃子ぬこ先生」係
もしくは monster@futabasha.co.jp まで

CHARACTER DESIGN

エスメラルダ・ディア・ヴェフェルド

ヴェフェルド王国 第五王子

I was reincarnated as
a lazy villain prince and I'm going to build
an evil kingdom of boobs.

ミルア・レーニス

ヴェフェルド王国 女流剣士

胸のサイズ　Gカップ

ローフェミア・ミュ・アウストリア

エルフ王国 王女

胸のサイズ　Gカップ

クローフェ・ルナ・アウストリア

エルフ王国 第五十七代国王

胸のサイズ　Hカップ

ユリシア・リィ・ヴェフェルド

ヴェフェルド王国 第一王女

胸のサイズ　Aカップ

I was reincarnated as
a lazy villain prince and I'm going to build
an evil kingdom of boobs.

どまどま
画 福きつね
おい、外れスキルだと思われていたチートコード操作が化け物すぎるんだが。
1
18歳になると誰もがスキルを与えられる世界で、剣聖の息子アリオスは皆から期待されていた。間違いなく《剣聖》スキルを与えられると思われていたのだが……授けられたスキルは《チートコード操作》。前例のないそのスキルはゴミ扱いされ、アリオスは実家を追放されてしまう。だがその外れスキルで、彼は規格外なチートコードを操れるようになっていた！　幼馴染の王女もついてきて、彼は新たな地で無自覚に無双を繰り広げていく！
モンスター文庫

怠惰《たいだ》な悪役《あくやく》王子《おうじ》に転生《てんせい》した俺《おれ》、悪《あく》のおっぱい王国《おうこく》を築《きず》く
~ゲーム世界《せかい》で好《す》き勝手《かって》に生《い》きていたのに、なぜか美少女達《びしょうじょたち》が俺《おれ》を離《はな》さない件《けん》~①

2024年12月30日　第1刷発行

著者　どまどま

発行者　島野浩二
発行所　株式会社双葉社
〒162-8540
東京都新宿区東五軒町3-28
電話　03-5261-4818(営業)
　　　03-5261-4851(編集)
https://www.futabasha.co.jp
(双葉社の書籍・コミック・ムックが買えます)

印刷・製本所　三晃印刷株式会社

フォーマットデザイン　ムシカゴグラフィクス

ISBN978-4-575-75347-9　C0193
Printed in Japan

Mと03-05